ベリーズ文庫

極上の愛され大逆転
【ベリーズ文庫溺愛アンソロジー】

STARTS
スターツ出版株式会社

目次

策士な御曹司は、囚われの花嫁に愛を乞う

紅カオル

6

結婚への諦めとかすかな希望

もう、こうするしか手立てはない。

芳本《よしもと》純奈《じゅんな》は胸に抱えていた白い封筒を一ノ瀬《いちのせ》宏弥《ひろや》にそっと差し出した。

ＩＴ業界で名前を知らない者はいない『アクセシア』本社ビル、最上階にある社長室に緊張が走る。大きな窓の向こうには高層ビルが建ち並び、ネオンが煌《きら》めいていた。

「これは？　どういうつもりだ」

〝退職届〟と書かれた封筒を一瞥《いちべつ》した社長の宏弥は、プレジデントチェアに座ったまま、デスクを挟んで立つ純奈に視線を向けた。

二十七歳の純奈より五つ年上、三十二歳の彼が、額に垂れたひと筋の前髪の奥で切れ長の目を細める。理由を探る眼差《まなざ》しは、静かでいて鋭い。

通った細い鼻筋とシャープな輪郭のせいか、彼は人に冷たい印象を与える。さらに冷静な口調や態度がそれを増幅させるが、実際の彼はその真逆だと、ここ数年秘書として一緒に仕事をしてきた純奈は知っている。その綺麗《きれい》な顔立ちが、見る者を魅了してやまないことも。

「実家に帰ることになりました」

「なぜ？」

「……結婚することになったんです」

あくまでも予定であって本決まりではないが、そう言いきることで退路を断ちたかった。

宏弥の眉がピクリと動く。声にこそ出ないが、唇が〝結婚〟と動いた。

「誰と」

詰問口調が純奈を怯《ひる》ませる。彼からわずかに憤りのようなものも感じた。

しかしここで弱気になるわけにはいかない。

「そこまで社長に報告しないといけないでしょうか」

感情を出さないよう淡々と返した。

できることなら話したくない。不本意な結婚だと知れば、優しい彼は心を痛めるだろう。それが、単なる部下の純奈であっても。

〝長年付き合ってきた恋人と〟

〝幼なじみの彼と〟

嘘で切り抜けようとも思ったが、鋭い宏弥にはきっとすぐに見破られてしまう。それならだんまりを決め込むのが一番だ。

宏弥は惜しげもなく不機嫌なオーラを漂わせてきた。

退職期日は一カ月後。まだ先の話とはいえ、いきなり秘書が辞めると言いだせば無理もない。

しかし辞めるタイミングとしてはベストとも言える。つい先日、とある会社とのM&Aが成功したばかり。大きな仕事を終えたところであった。

「では、今日はこれで失礼します」

ジャケットの上から胸のあたりを手で押さえ、表情を曇らせる宏弥を置き、純奈は一礼して逃げるように社長室を出た。


翌日の土曜日、純奈は実家に帰るため特急電車に乗っていた。

窓には、栗色の長い髪をハーフアップにまとめた純奈の顔が映る。結婚相手との顔合わせを明日に控え、表情は冴《さ》えない。ぱっちりとした二重瞼《ふたえまぶた》の目元には憂いが浮かび、艶やかな頬からは血色が失《う》せていた。

外を流れる景色をただぼんやりと眺め、電車の揺れに身を任せる。風が強いのか、どこからか飛んできた桜の花びらが時折ひらひらと舞っていた。

（もう、桜の季節も終わりね）

まるで純奈の〝春〟も終わったようで寂しくなる。

大学を卒業と同時に業界で五本の指に数えられるアクセシアに就職し、この四月に五年目を迎え、ちょうど昨日は誕生日で二十七歳になったばかり。少し前までは、これからもアクセシアで頑張っていこう、社長を精いっぱい支えていこうと考えていたところだった。

家業が危ういかもしれない。

そう聞かされたのは昨年の秋。実家で両親と三人、ご近所さんからもらった栗をむきながら食べているときだった。

純奈の父親が細々と営んできたネジ製造工場が、存続の危機に追い込まれていると言うのだ。

そのとき父は『なんとかするから心配するな』と言っていたが、年を越しても見通しが立たない。そんな矢先、元請業者の社長から資金援助の話が持ち上がった。

純奈との結婚と引き換えに、工場を助けてくれると言うのだ。

大事なひとり娘を犠牲にするわけにはいかないと、父は従業員たちの再就職先を見つけてから破産手続きをしようと考えた。ところが、なぜかどこも雇ってくれるところが見つからない。

そうこうしているうちに支払いが滞り、工場は立ち行かなくなっていく。もはや倒産は免れない。

父は覚悟を決めたが、待ったをかけたのは純奈だった。

これまで愛情深く大切に育ててくれた両親につらい思いはさせられない。自らの結婚でそれを回避できるならそれに越したことはないと、純奈は相手との顔合わせを決意した。——が、いざそうなると穏やかではいられない。

その男性との結婚を見送るにしても、仕事を辞めて実家に帰り、両親を支えようと考えていた。つまりどちらにせよ、アクセシアは退職すると決めている。

純奈はバッグから取り出したものに目を落とした。白地に小さな花が描かれた、フェミニンで上品なハンカチである。

それは昨日の誕生日に、朝一で宏弥からプレゼントされたものだ。

純奈が秘書として働くようになってから三年、サポートのお礼だと彼は毎年贈り物を欠かさない。昨年はいい香りのするバスソルトだった。

気兼ねなく受け取れる、高価なものではないセレクトなのもさすがだと思わずにはいられない。

そんな気遣いをしてくれる社長のもとでは、もう働けなくなる。

そう考えると胸が詰まるように苦しかった。

電車がゆっくり停車し、車内アナウンスが駅名を告げる。

無意識にため息を漏らし、純奈は荷物を手にして駅に降り立った。


正月以来の実家は、どことなくひっそりとしていた。たぶんそれは家業の経営不振が影響しているのだろう。空気が重い。

父は土曜日も休みなく工場で仕事中。母、千賀子《ちかこ》は純奈から手荷物を受け取りながら「おかえり」と出迎えてくれた。

昔はよく姉妹と間違われたものだが、ここ最近の気苦労で白髪が交じり、一気に年をとったように見える。娘への申し訳なさか、笑顔に影が差した。

「お母さん、そんな顔しないで。私は大丈夫だから。ね？」

声をかけると、千賀子は泣き笑いのような顔になった。


その夜、父、正志《まさし》が帰宅し、リビングに家族三人が久しぶりに集まる。食卓にはちらし寿司や茶わん蒸し、純奈の大好きな唐揚げなど、千賀子が腕を振るった料理が並んでいた。

グラスにビールを注いだが、誰も乾杯の音頭をとらない。工場の存続が決まりそうだとはいえ、喜ばしい結末でないせいだろう。

「純奈、こんなことになって本当に申し訳ない」

「ごめんね、純奈」

ふたりが続けざまに謝罪する。

正志の髪にも白髪がだいぶ目立つようになった。ふっくらしていた頬はこけ、エネルギッシュだった眼光に弱々しさが滲《にじ》む。

「そんな、お父さんもお母さんもやめて。私なら平気だから」

「父さんが不甲斐《ふがい》ないばかりに……」

「お父さんの落ち度じゃないってわかってるから」

工場に過去最大の注文が入ったのは、去年の春だった。

初めて取引をする会社だったが、大口の注文は工場にとって大いに歓迎すべきもの。すぐに原材料の調達をして指定されたサイズで製作を開始、急ピッチで完成に漕《こ》ぎつけた。なにしろめったにない大きな取引。昼夜を問わず、工場を稼働させた。

ところが完成した途端、注文した会社と急に連絡が取れなくなった。何度か訪れていた会社はもぬけの殻。まるでそこには初めからなにもなかったかのようだった。

騙《だま》されたと悟ったが、時すでに遅し。原材料の支払いが滞り、連日催促される事態に発展した。坂を転がるように経営が傾いていったのだ。

その後、元請業者の社長の提案で、純奈との結婚を条件に支援の話が舞い込んだ。あとは純奈がどう返事するかにかかっているが、工場を救うにはそれ以外にないとわかっていた。

「会ってみて無理だと思ったら断っていいから」

「わかってる。大丈夫だから、本当に心配しないでね」

落ち込む両親を前にして、純奈まで暗い顔はしていられない。ふたりにめいっぱい笑顔を向けた。


翌日の午後、純奈は指定されたホテルにひとりで向かった。

ふたりきりで会うのを提案したのも先方だ。そのほうが気兼ねなく話せるからと言うが、どちらにせよ気が重いのは変わらない。

ホテル『ラ・ルーチェ』は地元でも有名な超高級ホテルである。二階層吹き抜けのエントランスロビーには陽光が差し込み、大理石のフロアを輝かせている。

待ち合わせ場所のラウンジへ行くと、相手は先に到着していた。

純奈を見つけ、彼——水川和明《みずかわかずあき》が軽く手を上げる。

シャープペンで描いた線のように細い目と、低い鼻梁《びりょう》にぷっくりとした小鼻、黒ずんだ唇が収められた丸顔は、こけしのよう。整髪料をべったりと塗った黒い髪は照明でテカテカ光り、純奈の苦手な虫を連想させる。スーツのジャケットを着ていてもわかるくらいのふくよかなお腹《なか》が、テーブルにぶつかっていた。

「お待たせしてすみません」

水川のテーブルまで足早に向かい、頭を下げる。春の空を思わせるライトブルーのワンピースが、膝下で儚《はかな》げに揺れた。

「いえ、僕も少し前に到着したところですから」

水川は向かいの席に座るよう促す。手を上げてウエイターを呼び、純奈の希望も聞かずにコーヒーを注文した。

「久しぶりですね。あなたとお会いできるのを楽しみにしていましたよ。一段と綺麗になりましたね」

水川の眼差しに性的なものが滲む。

「……ありがとうございます」

純奈より十三歳年上、四十歳の水川と初めて会ったのは、純奈が高校三年生のときだった。

学校帰りに立ち寄った父の工場に、彼は仕事で訪れていた。

純奈を上から下まで舐《な》め回すように凝視し、にやりと口元を綻ばせた顔がとても嫌だったのを今でもよく覚えている。

それ以降、なにかにつけて水川に工場に呼び出された。父は純奈が嫌がっているのを知っていたが、元請業者のため追い払えない。純奈も大人の事情を理解できる年齢だったため、水川との取り留めもない話に付き合った。

あるときふたりきりになってしまい、危うくキスされそうになったこともある。タイミングよく宅配業者が訪れて事なきを得たが、両親には打ち明けていない。

大学入学と同時に地元を離れたときにはホッとしたものだ。

その男と、純奈は結婚しなくてはならない。そうしたらこの先一生、そばにいなくてはならなくなる。高校生のときの出会いが運命だったとは、神様の作った台本が恨めしい。

（家を助けるには、そうするしかないでしょう？　しっかりして）

ため息をつきそうになったが、必死にこらえた。

ウエイターが運んできたコーヒーがテーブルに置かれる。

「飲まないんですか？」

スティックシュガーを二本入れたカップをかき混ぜながら水川が問う。そんなに入れて甘すぎないの？と余計な心配をした。

「すみません。コーヒーはちょっと苦手で」

純奈は紅茶派である。出されたものを飲むのが大人の対応だとわかっているが、どうしても居座る結婚へのわだかまりがそうさせてくれない。好みを聞きもせずに注文を済ませた水川への反発も、少なからずある。結婚後も自分優先だろうと想像できた。人を容姿で判断するものではないが、水川の性格も昔から苦手だ。

「そうですか。おいしいですよ、ここのコーヒー。一度飲んでみたらいいのに」

「はい……」

水川がいつまでも待っているようだったので、カップに形だけ口をつけた。

なにかを飲んで楽しく話そうという気持ちに、どう働きかけてもなれそうにない。両親には結婚してもいいと伝えたが、実際に水川を前にするとダメだった。

「純奈さんはどんな家に住みたいですか？　子どもが生まれたときのことを考えたら庭は欲しいし、そうなると一戸建てかなぁ」

「そう、ですね……」

「心配しなくていいですよ。純奈さんの希望通りの家を僕なら建てられますから。あ、そうそう、ペットはどうです？　僕、猫は苦手ですが、犬なら大歓迎。夫婦で一緒に散歩するのが僕の夢なんですよ」

楽しそうに結婚後の話をする水川に相槌《あいづち》を打ちながら、時が過ぎるのをひたすら待つ。

しかし今日が終わったところで、もしも結婚を選んだ場合、純奈は途方もない時間を生理的に受けつけない男と過ごさなければならない。

いっそ今ここで世界が終わってしまえばいいのに。

宏弥にもらったハンカチを握りしめ、刹那的な気持ちになった。

「そろそろ行きましょうか」

「はい」

やっと解放される。そう思い、自然と笑みがこぼれる。とにかく今日はもう限界だ。

ラウンジを出ると、水川は唐突に純奈の腰に手を回してきた。

思わず「キャッ」と小さな悲鳴が漏れる。

「驚かせたかな？　でもそういう初心《うぶ》な反応もたまらないね」

急にフランクな口調で純奈を引き寄せた水川から、鼻をつく不快なにおいが漂ってきた。

「だけど、僕は未来の旦那様なんだから少しは慣れてもらわないと。結納はいつ交わそうか。なるべく早いほうがいいね。キミの気が変わったら大変だ」

耳元に吐息を感じ、つい息を止めて顔を背ける。少しでも離れたくて歩きながら体をよじったが、かえって強く腰を抱かれ、左半身が水川に密着してしまった。

いつまで、どこまで我慢すればいいのか。

ハンカチを片手に握りしめて唇を噛み、それでも俯《うつむ》きながら従っていると、不意に黒い革靴が視界の隅に入った。進行を阻まれ、必然的に立ち止まる。

見覚えのあるブランドの靴にドキッとして視線を上げた。

(――えっ、社長⁉)

思いがけず宏弥が現れ、驚いて声も出ない。

仕事のとき同様、三つ揃いのスーツをしっかりと着ている。体にフィットしたラインは、いつ見ても美しい。

「なんだね、キミは。そこをどきなさい」

「彼女が嫌がっているのがわかりませんか」

宏弥は、声を荒らげる水川に冷静に返す。よく通る声は、どこまでも透明感がある。

「はあ？　あんたになんの関係があるんだ。この女は僕の妻になるんだ。どう扱おうと、通りすがりのあんたに関係ないだろう」

宏弥は「〝この女〟？」と囁《ささや》いて続けた。

「残念ですが、まったくの無関係ではありません」

「は？」

「彼女は私の秘書ですから」

水川は眉をひそめながら純奈を見た。嘘だろう？と目が疑っている。

「本当です。こちらは私が勤めている会社の社長で」

「一ノ瀬宏弥と申します」

純奈の言葉に続けて、名刺を差し出した。

そうされれば水川も、同じ社長という立場で無視できない。未来の妻の上司であればなおさらだ。

純奈の腰から手を離し、面倒くさそうに内ポケットから自分の名刺を取り出した。

その隙に、純奈は水川から一歩離れて距離を取る。

「それで、僕の妻にどのようなご用件かな？」

まだ妻ではないという憤りが、純奈の表情を歪《ゆが》める。

「仕事でトラブルが発生しまして、不躾《ぶしつけ》ながらこちらまで迎えにきた次第です」

（トラブル？　いったいなにがあったんだろう。ここまでわざわざ来るくらいだから、よほどの一大事？　だけど、どうして私がこのホテルにいるのがわかったの？）

宏弥の言葉を聞き、頭の中に疑問符がたくさん並ぶ。

「社長、なにがあったんですか？」

「ここでは……。至急、一緒に社に戻りたい」

会社の内情を部外者に明かすわけにはいかないだろう。

「水川さん、申し訳ありませんが、ここで失礼させていただいてもよろしいでしょうか」

「まぁ、仕方ないでしょう。ただ、キミは僕の妻になる人間だということだけは忘れないように。工場の未来は僕にかかっていることもね」

見目麗しい宏弥への牽制《けんせい》か、水川は純奈に釘《くぎ》を刺し、口元にだけ笑みを浮かべて背を向けた。

ガニ股で歩く後ろ姿は、まるで大ガエル。眉根を寄せ、純奈はそこからパッと目を背けた。

「大丈夫か？」

「それより、なにがあったんですか？」

自分のことより、まずは会社だ。

こんなところまで来るくらいなのだから、よっぽどのことだろう。

「いや、たまたまここを訪れていたんだ」

「では、なにかあったわけではないのですか？」

「ああ」

それを聞き、肩を上下させて息を吐き出す。ホッとした。

純奈が困っているのを察知し、声をかけてくれたのだろう。

「知人との会食を終えたところだ」

「お知り合いとここに？」

宏弥の生活圏とは離れた場所で会うという偶然に驚く。

「ああ。人脈は広いほうでね」

社長ともなれば、多方面に友人や知人がいるのも不思議ではない。特に宏弥は顔が広く、仕事関係のつながりも各所にある。

「ちょうど知人と別れたところでキミを見つけた。様子がおかしいと思って近づいてみたら……というわけだ」

「お恥ずかしいところを見られてしまいました」

両手を前でそっと組み、肩をすくめる。

宏弥にはあまり見られたくなかったが、水川と早々に離れられたのは助かった。

「車で少し話さないか」

彼に促され、ホテルの駐車場に停めていた車に乗り込むと、宏弥は自動販売機で買ったペットボトルの飲み物を二種類差し出してきた。

「紅茶か緑茶か、どちらでも」

「こちらをいただきます」

「安定の紅茶か」

純奈が紅茶好きだと知っているからこそ、宏弥は選択肢のひとつには必ずそれを入れる。その日の気分によっては違うかもしれないから、別のテイストも準備するという周到さだ。

宏弥は、そういう心配りができる男である。希望も聞かずに押しつける水川とは懐の大きさが違うのだと、今日は妙に実感した。

エンジンがかけられ、ゆっくり発進する。

「明日は仕事だから、東京《とうきょう》に帰るだろう？」

「はい、そのつもりです。でも実家に荷物を置いたままで……」

「それじゃ、荷物を取りにいこう。道案内を頼む」

宏弥は純奈の指示に従い、駐車場から幹線道路に左折で出た。

「あの男と本気で結婚するつもりなのか」

「……そうする以外にないんです」

あんな現場を目撃されてしまったら、ごまかしも言い逃れもできない。本意でない結婚だと、誰が見ても思うだろう。

「実家の家業が立ち行かなくなっているそうだな」

驚いた。そんな事情を知られているとは思いもしない。

「どうしてそれを……」

「これまでの芳本さんの仕事ぶりや真面目な性格から考えると、退職願いはあまりにも急すぎる。これまで婚約するという話も聞かなかったし、なんとなく引っかかって急きょ調べた」

「たったの二日でですか」

「まあね。……で、よかったら相談に乗るよ」

短期間のうちにそこまで把握してしまうリサーチ力の高さに驚かされる。

「大口の注文をした業者が忽然《こつぜん》と姿を消して、大きな借金を抱えてしまったんです」

「月曜日に話をしようと思っていたが、ここでこうして会えてよかった。それで、その肩代わりをすると申し出てきたのが、さっきの男か。元請業者だとか」

宏弥は背負った借金の金額まで知っていた。

「俺がそれを用立てれば、あの男と結婚せずに済むわけだ」

「いえっ、そんなことを社長にしていただくわけにはいきません」

つい最近、成功したM&Aとはわけが違う。これは仕事ではないのだから。

「なぜだ」

「なぜって、社長にはなんの得にもなりませんから」

「利益ならある。有能な秘書に辞めてもらっては困るからな」

「お言葉はうれしいですが、私の代わりなんていくらでもいます」

アクセシアには優秀な人間がほかにもたくさんいる。

(引き継ぎさえしっかりすれば、私以上に社長のサポートができるはずよ)

宏弥に家業を助けてもらうなど考えられない。純奈は必死に首を横に振る。

しかし、どういうわけか宏弥もまったく引かない。

「ならば対価があれば納得するのか？」

「対価？」

車が赤信号で停止する。

宏弥は助手席に座る純奈にゆっくりと顔を向けた。

「俺との結婚が条件。あの男と俺が入れ替わるだけだ。べつにかまわないだろう」

「ご、ご冗談はやめてください」

一瞬、心臓が止まった気がした。宏弥と結婚だなんてあり得ない。

「冗談じゃない。本気だ」

「社長ならほかにいくらでもいらっしゃるじゃないですか」

社内外問わず、女性たちを虜《とりこ》にしているのを知らないとは言わせない。目が合っただけで失神してしまうと言っている女子社員もいるくらいだ。

恋人がいないのも周知の事実であり、立候補したいと願う女性は大勢いる。

そもそも宏弥の父親は海外にも名を馳《は》せる、超大手のエネルギー会社社長。そんな家庭と、地方のしがない工場の娘ではつり合いが全然取れない。

「俺のことを誰よりも理解しているのは、ほかでもないキミだ」

「それは仕事上だけの話であって……」

プライベートはまた別だ。

そう否定しつつ、胸が大きく高鳴るのを感じた。

好きだと言われたわけではないが、誰より理解しているのが自分という栄誉は秘書としてこの上なくうれしい。少なからず純奈を信用し、好印象を抱いてくれているのがわかったせいだ。

宏弥は憧れの人だった。

入社式のとき、新入社員である純奈たちの前で激励の挨拶をする彼は自信に満ち溢《あふ》れ、言葉の一つひとつに心がこもっていた。それまで出会った誰よりも輝いて見えたのだ。

遠くから見つめていられるだけで十分と考えていたが、あるとき彼の秘書として抜《ばっ》擢《てき》された。思わぬチャンスに心が躍る一方で、大会社を率いる彼の直属の部下になることに尋常でないプレッシャーを感じていた。

秘書になり数カ月一緒に仕事をし、彼の敏腕ぶりを目の当たりにして畏敬の念を抱きつつ、憧れはさらに大きくなった。

彼を知るにつれ、ふとした瞬間に見せる優しさや彼の素顔に触れ、恋心が芽生えそうになったが、非現実的だと思いなおしてきた。あくまでも尊敬する上司だと自分を律して。

その彼からいきなり結婚を提案され、大きく動揺する。

「親から結婚を催促されて、正直うんざりしているところだった」

信号が青に変わり、車が再び走りだす。

「ですが、社長のご両親は私では反対されるかと」

「父も母も、俺が選ぶ女性に口を挟まない。自分たちが大恋愛の末に結婚したからね」

それなら余計、彼にとって不利益ではないか。純奈の気持ちはまだしも、宏弥に好意はないのだから。

(どうしてそこまでしてくれるの……?)

いくら両親から結婚を迫られているとはいえ、ただの部下である純奈と結婚、それも借金の肩代わりまでする理由がわからない。

「まだ納得がいかないようだな。じゃあ、こう言えばいいか？　俺がキミを買う。それならいいだろう」

「私を、買う……？」

「ああ」

「私にそんな価値はありません」

工場の窮地を救えるほどの金額は、純奈に見合わない。

「価値を決めるのはキミじゃなくて俺だ。それともあの男と結婚したいか？」

首を激しく横に振る。

「それなら答えはひとつだろう」

宏弥は清々《すがすが》しいくらいにきっぱりと言いきった。

「……少し考えさせてください」

ずっと尊敬し、憧れてきた人から〝プロポーズ〟されるという異常事態が勃発したため、そう答えるので精いっぱいだった。

宏弥はその後、純奈の両親に一度挨拶をしておきたいと言って聞かず、一緒に車を降りた。

「今回の件、一度私に預からせてください。悪いようにはしません。借金も支払いも私が力になります。少し調べたいことがあるので、先方にはまだなにも言わずにお願いします」

突然の宏弥の申し出に両親は目を白黒させ、勢いに負けて首を縦に振った。

止められない想い

怒濤《どとう》の週末が明けた月曜日、出勤した純奈はいつものように社長室の掃除をしていた。

昨夜、宏弥は純奈をアパートに送り届け、『なるべく早い決断を待ってる』と言って去った。

彼に言われた言葉をひとつずつ思い返しているうちに夜は更け、気づけば白みはじめた東の空。少しだけでもと仮眠を取ったら寝過ごし、今朝は朝食を取る時間もなかった。こんな事態は初めてだ。

拭き掃除を終えたタイミングで宏弥が現れた。

「おはよう」

「おはよう、ございます」

昨日の今日だけに、ぎこちなさは否めない。純奈は目も見られずに俯いた。

「出社して早々悪いが、コーヒーを頼みたい。じつは朝食がまだなんだ」

手にしていた紙袋を持ち上げ、宏弥が微笑む。

アクセシアの本社ビル前にあるクラブハウスサンドのショップバッグだ。お昼どきには行列ができる人気店である。

「承知しました」

「紅茶も一緒に頼む」

純奈が訝《いぶか》しみつつ小首をかしげると、宏弥は「朝、食べたか？　もしよかったら付き合ってくれ」とテーブルにふたり分の包みを置いた。純奈の分も買ってきたらしい。

すぐにコーヒーと紅茶を用意して戻る。応接セットのソファに座った彼は、純奈に向かいのソファを勧めた。

失礼しますと断り、遠慮なく座る。

「じつは朝食を食べ損ねたのでうれしいです」

「寝坊でもしたのか？」

「はい」

包みを開くと、レタスがたっぷり入ったハムとチキンのサンドだった。その店の看板メニューである。

「もしかして昨日のプロポーズのせいか？　いきなり悪かった」

純奈は図星を突かれて思わずむせてしまい、喉を潤そうと紅茶のカップを手にした。

「熱っ」

今度はその熱さに唇が驚く。

「大丈夫か？　ほら」

宏弥はショップバッグの中からウェットティッシュを取り出し、純奈に差し出した。

「……ありがとうございます」

「もしかして動揺させたか。だとうれしいね」

それならもうとっくにグラグラだ。返事を保留にしているのは、彼にとって本当にそれが正しいことなのか踏ん切りがつかないから。いくら両親に結婚を迫られているとはいえ、そんな安易に純奈と結婚してしまっていいのか。

純奈に対して好意を抱いてくれているのだとしても、それは〝本気の好き〟とは違う。もし仮に宏弥が純奈を本気で好きだとしても、育った環境や現状の立場を考えると素直に受け入れてはいけないような気がしていた。

「今夜、時間を取れるか？」

「打ち合わせでしょうか」

「まぁ、ある意味そうだな」

宏弥は長い足を組み替え、純奈を真正面から見た。

「キミをマンションに招きたい。俺のことを理解しているのは仕事上だけの話だと言っていただろう？　プライベートの俺も知ってほしい」

「えっ？」

「仕事が終わったらビルの前で待っていてくれ」

突然の誘いに、純奈は僅《わず》かな吐息だけで答えた。

その日、退勤した純奈は宏弥と約束した通り、彼を待っていた。

同僚たちに「誰かと待ち合わせ？」と意味深に聞かれ、曖昧に笑いながらやり過ごす。そうしているうちに外国産の黒い高級車が横づけにされた。宏弥の車だ。

小走りに向かい周囲を確認してからそそくさと乗り込む。

「堂々と乗ったらいい」

「ですが誰かに見られたら、変な噂を立てられてしまいます」

「俺と一緒にいることは〝変〟なのか」

宏弥は若干不満そうだ。そういうつもりで言ったわけではない。

「言葉の綾です」

宏弥に関する噂、それも女性関係であれば話がまたたく間に広まるのは目に見えている。いつだったか、取引先の女社長と外で打ち合わせをしていただけで、数日のうちに〝社長が女性と密会していた〟と広まった過去がある。そのときは純奈も同行していたのに、目撃者の目にはまったく入らなかったようだ。

「結婚する相手と一緒にいるんだから、噂されてもなにも問題はない。まぁ、返事はまだもらってないが」

おどけるようにして肩をすくめたあと、宏弥は車を発進させた。

自分の上司がどこに住んでいるのか、どんなマンションなのか、純奈は知っている。しかしエントランスから先に足を踏み入れたことはなく、今日はまさにその初めての日となった。

地上三十八階建てのタワーマンションは付近でもひと際高く、ミラーガラスが夜景を反射してレベル違いの存在感を放つ。

招き入れられた部屋はオフホワイトの壁とフロアが明るさを感じさせ、リビングに置かれた黒く大きなソファとのコントラストが美しい。

天井まで続く三連窓からは遠くまで見渡せ、まるで光の海に浮かんでいるように錯覚する。

その景色に見とれていると、宏弥に呼ばれた。

いつの間にかボタンダウンのホワイトシャツとストレッチの効いたチノパンに着替えている。清潔感のあるカジュアルなスタイルは、かえって彼の麗しさを際立たせていた。

「おいで」

テーブルにはカップがふたつ置かれている。

「キミに飲ませたくて、とっておきの茶葉を手に入れておいたんだ」

この人はまたそんなことを言う。

(いつかここに招こうと思っていたの？)

本気で好きでいてくれているのではないかとたやすく惑わされ、純奈は言葉を忘れたようになった。

恋愛経験がないわけではない。でも宏弥ほど容姿に恵まれ、仕事ができ、性格まで申し分のない男性から、これまでむやみに優しくされたことはなかった。

純奈のほうが本気で好きになってしまいそうで怖い。

(勘違いしたらダメ。部下に対する優しさを見せただけだから)

気持ちに必死に歯止めをかけた。

病気を疑うほどの動悸に見舞われ、宥《なだ》めるように胸を押さえて腰を下ろす。紅茶は華やかな香りがするフレーバーティーだった。

「とてもおいしいです」

「帰りに茶葉をプレゼントするよ」

「いえ、そんな」

「遠慮するな。キミのために買ったものだ。……だが、ここへ越してくるのであれば、置いておくほうが賢明か」

宏弥は顎に手を添え思案する。

ここへ越すというひと言に、またもや鼓動がトクンと弾んだ。

宏弥の中で、純奈との結婚がすっかり現実味を帯びているように感じて戸惑う。

(私は、本当にどうしたらいいの?)

自分で自分がわからない。このまま彼に甘えてしまいたい気持ちと、甘えてはいけないと自制する気持ちがない交ぜだった。

その後、彼が注文した高級イタリアンレストランのデリバリーを堪能し、後片づけをしていると、純奈のスマートフォンがバッグの中で着信音を響かせた。

画面には登録のないナンバーが表示されている。

（誰だろう……）

宏弥に「失礼します」と断り、不審に思いながら応答すると、それはあまり話したくない人物からの電話だった。

『水川です。こんな時間だから家かな？』

「あ、はい……」

純奈の様子で相手が誰か感づいたのだろう。宏弥は隣に腰を下ろし、耳を澄ますようにした。

『昨日は会えてうれしかったよ』

「……はい」

とてもじゃないが、社交辞令であっても〝私もです〟とは言えない。

『早速だけど、結納はいつにしようか。結婚式の日程も考えないとね。純奈は和装と洋装、どっちが好みなんだい？』

いきなり名前を呼び捨てにされ、全身がゾゾッと粟立つ。体をよじったが、不快さは消えてくれない。

「よくわかりません……」

『どっちでも似合うと思うけど。今度いつこっちに来られる？　ブライダルサロンの予約を入れておこうと思うんだ』

「……すみません、ちょっと予定がわからなくて」

結婚を迷いはじめた今は、そうやり過ごすしかない。

「あの、お風呂中なので切ってもいいですか？」

『ああそうなのか。それは悪かったね。……だけど、つい想像しちゃうな、純奈の裸』

「……っ、すみません、失礼します」

陰鬱で執拗《しつよう》な水川の眼差しが脳裏に浮かぶ。あまりにも不快で、水川の返事も待たずに電話を切った。

いやらしい言葉と声が耳に残り、嫌悪感が増す。昨日会ったときに向けられた性的な眼差しまで蘇《よみがえ》った。

たまらなくなって自分をかき抱くと、宏弥が純奈の肩に手を置く。

「大丈夫か？」

「……はい」

彼の手のぬくもりが、純奈を現実に引き戻そうとする。

「声を聞くのも嫌な相手と、キミは結婚できるのか？」

優しい口調で問いかけられた。途端に心がぐらぐらと大きく揺れはじめる。

（あの人と一緒にいる未来なんて想像できない。――したくない）

先ほどの会話も蘇り、首を横に振った。

「できません。……したくないです。名前を呼ばれるのも嫌」

思わず耳を塞ぐ。それでも水川の声がリフレインしてやまない。

宏弥は純奈の肩を抱き、引き寄せた。グリーン系の香りがふわっと鼻をくすぐる。

これまでこんなにもそばに近づいたことはなかった。それが今、わずかにつけた香水を感じ取れるほど近くにいる。

その事実が純奈の胸を高鳴らせた。

すがりつくように宏弥のシャツを握る。

「助けてください、社長」

声を絞り出した。

宏弥に迷惑をかけることはわかっている。自分優先の自覚もある。

しかしそれを上回るほど、心は宏弥を求めていた。

宏弥は純奈を〝買う〟だけに過ぎない。それでもいいとさえ思う。

ずっと憧れていた人から結婚を提示され、断れるはずもないのだ。

「もちろんだ。結婚しよう、純奈」

初めて名前を呼ばれたときめきが、胸の震えに乗って全身に伝わっていく。水川のときとはまるで違う感覚に酔いしれた。

「……はい」

「なんの心配もいらない。俺に任せろ」

彼の腕に抱かれてコクコク頷《うなず》く。

水川の痕跡を消したい。宏弥の甘い声ですべてを消し去ってほしい。

「純奈」

宏弥に優しく呼ばれるたびに愛しさが溢れてくる。

もうごまかすことなどできない。純奈は宏弥を好きなのだ。とっくの昔から。

いつの間にか憧れから恋に変わっていたことに、今気づいた。

おもむろに体を離し、宏弥が純奈を見つめる。

間近で揺れるふたつの瞳。そこに宿る熱の正体が愛情とは別物でもいい。今はそれを愛と思い込み、すがりたかった。

瞼を閉じると同時に唇を塞がれた。

（私、社長とキスしてる……）

リアリティに欠ける事態は、やわらかな感触と甘い熱で実態を帯びていく。鼓動は瞬く間にスピードを上げ、純奈は息をするのにも精いっぱい。

彼のシャツを握っていた手を取られ、指先が絡められる。ぎゅっと握る力強さとキスの甘さに、またもや愛情と勘違いしそうになった。

(社長が私を好きじゃなくてもいい。ずっとそばに置いてくれるのなら、お飾りの妻でもいい)

契約の証《あかし》のキスだとしても、純奈の心は満たされていた。

舌先でくすぐられ、唇を開く。わずかな隙間から入り込んできた彼の舌は、口腔内を探るように動き、純奈の舌と執拗に絡ませる。

その動きがやけに甘いのは錯覚か。体が芯からとろけそうになる。

(好き……社長が、大好き……)

気持ちがさらに大きく膨らむのを感じた。

唇を解き、宏弥が純奈を両手でしっかり抱き留める。

「泊まっていくか？」

耳元で甘美な誘惑を囁く。思わず彼の胸を押して抱擁を解いた。

「きゅ、急にそんなっ、無理です。着替えもメイク道具もありませんし……。それに心の準備が」

「わかったわかった。無理強いして困らせるつもりはないから心配するな」

宏弥は慌てふためく純奈を子どもに対するように優しく宥めた。

「だが、俺との結婚を承諾したのは忘れるなよ」

キスの先もある。そう言っているのが伝わり、頬がカーッと熱くなる。

宥めていた口調が煽情的《せんじょうてき》なものに変わり、純奈はぐっと心を掴《つか》まれた気がした。

ただ単に彼は妻の役割をほのめかしただけかもしれないが、そのひと言は純奈を動揺させるには十分だった。


宏弥のマンションを訪れてから十日が経った。

今のところ水川から純奈に直接連絡はなく、あの夜以降、宏弥とはプライベートな時間も過ごしていない。彼は純奈が退勤する時間になっても社長室で仕事を続けており、忙しくしているためだった。

これまでの社長と秘書という関係性から発展したようには感じられず、夢でも見ていたのかと疑うときもある。しかし唇の感触は鮮明で、それは思い違いだとすぐにわかった。

秘書室にある自分のデスクで取引先から届いたメールの返信を作成していると、不意に宏弥が現れた。

「芳本さん、来週の予定を確認したいから社長室まで」

指先で社長室の方向を指し、純奈を呼ぶ。

「はい、ただいま参ります」

タブレットを抱えて立ち上がると、隣の席の藤平《ふじひら》紗綾《さあや》が声をかけてきた。

「純奈さん、最近、一ノ瀬社長の様子が変わったと思いませんか？」

純奈よりふたつ年下の後輩である。目や鼻、唇のパーツはどれも小さいが、均整がとれてかわいらしい顔をしている。いつも編み込みなど手の込んだヘアスタイルをしており、それが彼女のトレードマーク。難しそうに見えて簡単だと笑う、人懐こい女性だ。

「そう？」

「秘書室に顔を出すなんて、私が知る限りでは一度もありませんでした」

「たしかにそうね」

取締役の秘書たち総勢八名は普段、各上司の部屋とは別に設けられた秘書室にデスクを並べて仕事をしている。担当している取締役たちは、用事があるときには業務用のスマートフォンか内線電話で秘書を呼ぶのが通例で、宏弥もこれまではそうだった。

その彼が、このところはわざわざ秘書室まで呼びにくるようになっている。

「なんか雰囲気もやわらかくなりましたし。今まで〝話しかけるな〟オーラがビシバシ出ていたから挨拶くらいしかできなかったんですけど、この前なんて社長から『春だっていうのに暑いな』って話しかけてきて。もう私、びっくりしちゃって」

紗綾は宏弥の口真似《まね》をして純奈に聞かせた。

普段の宏弥は彼女の言うように、どことなく近寄りがたい雰囲気をまとっている。それがカリスマ性を色濃くし、女性からの人気に拍車をかけている部分もある。仕事以外のことで宏弥に話しかけられたり、目を合わせてもらったりするのは特別なことだと。

彼の秘書になる前の純奈もそうだった。彼女たちのように目に見えて喜んだりはしなくても、心の中でこっそり飛び上がっていたものだ。

「これは私の気のせいかもしれないんですけど、純奈さんに対する態度が特に違う気がするんですよね」

「えっ？」

ドキッとしたが、純奈自身が会社でそう感じたことはない。

「純奈さんを見る目が優しいっていうか、熱っぽいっていうか。もしかして社長となにかありました？」

紗綾は声のトーンを落とした。

「ま、まさかっ、紗綾ちゃん、変なこと言わないで」

ジョークのつもりだったろうに、言いあてられてつい取り乱したため、秘書室内の注目を浴びる。これでは小さな声で問いかけた彼女の気遣いが台無しだ。

「……もしかして私、地雷を踏んでしまいましたか？」

小さな目を丸く見開いてから激しく瞬かせる。

「ううん、違うの。ほんとになにもないから。ちょっとびっくりしただけなの」

そうこうしているうちに純奈の業務用スマートフォンがヴヴヴと振動を伝えてきた。宏弥だ。なかなか来ない純奈に痺《しび》れを切らしたようだ。

「いけない。私、行かなきゃ」

宏弥の電話に「今すぐ行きます」と応え、タブレットを持ち替える。動揺したせいでデスクの角に膝を強くぶつけながら秘書室をあとにした。

社長室の前でいったん立ち止まり、呼吸を整えてドアを開ける。

「お待たせしてすみません」

「なにか突発的なトラブルでも？」

宏弥はプレジデントチェアをくるりと回転させ、デスクに頬杖をついた。

そんな些細な仕草でさえ決まっていて、いちいちドキドキする。

「あ、いえ……ちょっと立ち話をしてしまって。申し訳ありません」

紗綾の放った言葉が純奈の心のど真ん中を射るという、極めて鋭い詮索だった。

「芳本さんにしては珍しい」

純奈は恐縮して頭を下げつつ、タブレットに目を移す。

「早速ですが、来週のご予定についてですよね」

スケジュール帳を開こうとしていると、宏弥は椅子から立ち上がり純奈の隣に立った。

タブレットを純奈から取り上げ、デスクにそっと置く。

「予定なら把握してる」

ではなぜと、不審に思って彼を見上げる。

宏弥は純奈の両腕に手を添え、自分のほうに体を向かせた。

「あの夜以来、時間を取れずに申し訳ないと思ってる」

「いえ、そんな」

仕事が忙しいのはよく知っている。ただデスクに座っていればいいわけでも、取引先を招いて談笑していればいいだけでもない。

「結婚を約束した恋人なのにって拗《す》ねてないか？」

「拗ねてなんて」

滅相もないと首を横に振る。純奈は助けてもらう立場なのだから。

宏弥に焦がれる純奈は別として、彼にとっては恋人も結婚も形式に過ぎない。

「控えめなところはキミの長所かもしれないが、もう少しわがままになっていい。それとも俺が頼りないせいか？　包容力が足りないか」

「そんなっ、とんでもないです。社長はとても頼りがいがありますから」

宏弥に包容力がないというなら、世の中の男性のほとんどが器の小さな人間に成り下がるだろう。

「それじゃ、なにか要望があったらなんでも言ってくれ。なんだって叶《かな》える」

宏弥なら本当にそれができるだろう。そう思えるくらいに頼もしい。

「わかりました。これからはそうします」

「今は？　なにかないのか？」

「いきなり言われましても……」

急に思いつかず、視線が宙をさまよう。

「それじゃ俺から」

そう言って宏弥は突然、純奈を引き寄せ抱きしめた。

「しゃ、社長⁉」

「少しだけだ。許せ」

ここは会社ですからと言おうとしたが、先を越された。

宏弥の香りに包まれ、気が遠のきそうだ。その香りに媚薬《びやく》でも仕込まれているのではないかと疑いたくなる。

しばらくして宏弥は純奈を引き離した。

「あれから、あの男からなにか連絡は？」

「いえ、なにもありません」

実家には結納の日取りを相談したいと連絡があったみたいだが、うまく濁して返事をしなかったと母から電話があった。

宏弥との結婚を進めるつもりであれば、早く断りを入れたほうがいいかもしれない。

「それはなにより。ところで明日から三日間、ここを不在にする」

出張の予定は入っていないから私用だろうか。

「承知しました。不在の間、なにかしておくことはありますか？」

「そうだな……。心穏やかにいてくれればそれでいい」

「それは仕事ではありませんが」

クスクス笑って返す。

「今のキミに必要なのは心の平穏だ。なにも心配せずに待っていてくれ」

宏弥は慈しみ深い笑みを浮かべて言った。

聖母マリアは女性だが、それに匹敵するほど優しく温和な表情だった。

形式だけの〝恋人〟なのに、それを忘れさせる甘さも秘めているから誤解したくなる。そして、その言葉の通り本当になんの心配もいらないと思える頼もしさがあった。

「わかりました。ありがとうございます」

宏弥は深く頷いた。


実家の父、正志から電話が入ったのは、三日後のこと。宏弥が不在にしている最終日の夜だった。

着信音が聞こえたため、お風呂から急いで出る。テーブルに置いていたスマートフォンを手に取り、まだ濡《ぬ》れている髪を耳にかけて応答した。

宏弥からの電話だと思ったため、少しだけ落胆したのは内緒だ。

『一ノ瀬さんが今日、うちにいらしたよ』

「えっ、社長が⁉」

正志の報告に驚かされる。まさか所用のひとつが純奈の実家訪問だとは想像もしていない。

『その様子だと純奈は知らなかったのか』

「うん、所用で不在にするとしか聞いてなかった」

実家に行くのなら話してくれてもよかったのにと恨めしく思うが、おそらく彼なりの考えがあったのだろう。わけもなく行動する人ではない。

『例の融資の話、正式に決まったよ。一ノ瀬さんが即日、手続きを進めてくださった』

「そうだったの？」

『ああ、本当に助かった。ありがたい話だ』

正志によれば、今日早速、送金されたと言う。

この三日間はその準備のためだったのだろうか。だとしたら忙しい宏弥の手を煩わせてしまい、つくづく申し訳ない。

『まぁ水川さんにはいろいろと思うところもあるが』

「どういうこと？　なにかあったの？」

『あ、いや、ところで』

曖昧に濁す発言が引っかかったが、正志はその話を切り上げ、話題転換をはかる。

『一ノ瀬さんのような素晴らしい恋人がいるのに、工場のために水川さんとの縁談を持ち込んですまなかった』

「えっ？　あ、ううん」

〝恋人〟という言葉にドキッとして慌てる。

宏弥は、純奈とは恋人同士の設定で話を進めたようだ。自分ではない別の男との結婚を阻止するために工場を助けるのだと。

恐縮する両親に対し、宏弥は恋人の実家である工場の資金援助は当然だと言ったらしい。

『本当に頼もしい人だ。母さんもすっかりファンだよ』

正志の電話の向こうから母、千賀子の『一ノ瀬さんによろしくね』という声が聞こえる。

宏弥は老若男女問わず、人を虜にしてしまうみたいだ。

『純奈との結婚を許してほしいと言うから、こちらこそよろしくお願いしますと言っておいたよ』

なんと結婚の話まで。送金といい、職務以外でも仕事の速さに舌を巻く。純奈は「あ、うん」と返すのがやっとだ。

両親だけでなく、純奈も宏弥には頭が上がらない。彼がお金を用立ててくれなければ、好きでもない相手と結婚しなければならなかったのだから。

思えば、宏弥との結婚は純奈にとってメリットしかない。工場は救えるし、片想いしている人のそばにいられる。

対して宏弥は、両親から結婚の催促をされなくなるという、純奈と比べたら極めてささやかなもの。アンバランスすぎて本当にいいのか心配になる。

『水川さんには父さんからお断りの連絡を入れておくから』

「うん、よろしくお願いします」

正志との通話を切り、深く息を吐き出す。

(これでもう水川さんとは会わなくていいんだ……)

ホッとした途端、宏弥の声が聞きたくなった。

お礼も兼ねて電話をしようとして思いとどまる。もしかしたらまだ帰宅途上かもしれず、いろいろと奔走して疲れているに違いない。宏弥だって一段落して安堵《あんど》しているだろう。

(今夜はゆっくりさせてあげなきゃ。明日、会社で会えるんだから我慢しよう)

スマートフォンを置き、髪を乾かそうと洗面台に向かった。


翌日、純奈は宏弥の出社を今か今かと待ちわびていた。昨夜遅く、宏弥からメッセージが入っていたが、すでに寝ていたため気づかなかった。

【融資は完了したから安心してくれ】

そう書かれたメッセージを今朝読み、お礼の返信はしたが、早く直接会って言いたい。

秘書室と社長室を落ち着きなく行ったり来たりしていたら、紗綾に『社長の出社がそんなに待ち遠しいですか?』とからかわれてしまった。取り澄まして『ちょっと急いで確認したいことがあって』と答えたが、紗綾が言葉通りに受け取ったかどうかわからない。

宏弥が出社したのは十時を回った頃だった。

秘書室に顔を出した彼を追い、社長室へ向かう。宏弥はドアを開けて待っていてくれた。

「社長、このたびは本当にありがとうございます」

両手を前で揃え、深く腰を折る。可能な限り頭を下げることで、心からの感謝を伝えたかった。

「俺は当然のことをしたまで。ほら、顔を上げて」

宏弥が純奈の肩に手を添える。軽くトントンとされ、ゆっくり目線を上げていった。

いつにも増して彼が精悍《せいかん》に見えるのは、助けてもらったせいか。宏弥は純奈にとって救世主、ヒーローだ。

「昨夜、父から電話をもらいました。社長が来てくれたと。なにも知らないで呑気《のんき》に過ごしていてすみません」

もう一度頭を下げそうになった純奈を宏弥が手で制す。

「俺が話さなかったんだから知らなくてあたり前だ。穏やかに過ごせと言ったのも俺」

「おかげさまで仕事のあとに藤平さんとイタリアンを食べにいって、それ以降ものんびりしていました。社長はお忙しくされていたんですよね」

「ご両親に俺からの融資を納得してもらう必要があったから、いろいろ調べものをね」

「父が『水川さんにはいろいろと思うところもある』って言っていたんですが、なにかあったんですか？」

　正志にはあやふやに濁されてしまったが。

「今回、問題の発端となった大口注文は――」

　宏弥の言葉がノックの音で遮られる。

　純奈がドアを開けると、紗綾がかしこまって立っていた。

「今、受付に水川さんとおっしゃる方がお見えになっているそうなのですが、いかがいたしますか？」

　反射的に宏弥と顔を見合わせた。

（水川さんがここに……？）

　用件は聞かなくてもわかる。純奈の父から縁談を断る旨の連絡がいったのだろう。水川はすっかりそのつもりでいたため、苦情の申し立てだ。

「来るだろうとは予想していたが早いな」

　宏弥がボソッと呟《つぶや》く。彼には想定の範囲内だったようだ。

「藤平さん、悪いけど芳本さんの代わりにこちらに通してもらえないか。そのあとお茶をひとつ頼む」

「……は、はい」

紗綾は純奈と宏弥の顔を見比べ、すぐに下がった。

専属秘書の純奈がいるのになぜ？と不可解に思っただろう。

純奈は〝ごめんね、お願いします〟の意を込めて軽く手を合わせた。

「私は席を外したほうがいいでしょうか」

「いや、一緒に聞いてもらったほうがいいだろう。キミにも知る権利がある。心配するな、俺が一緒だ」

「……はい」

なにがあったのかわからないが、宏弥の少し強めの口調が純奈を緊張させる。

ほどなくしてドアがノックされ、紗綾が水川を連れて入室した。

純奈を見て細い目を一瞬丸くし、眉根を寄せる。ここに勤めていることは承知していただろうが、今、部屋に一緒にいるのは予想外だったのかもしれない。

紗綾が退室するのを見届け、宏弥が彼にソファを勧める。

「どうぞおかけください」

水川はフンッと鼻を鳴らし、ぞんざいな態度で腰を下ろした。股を大きく開いているのは横に大きな体格のため自然とそうなるのか、それとも威圧感を与えるための故意なのか。

どちらにせよ、好印象とは言えない。

宏弥の隣に座った純奈に、水川の恨めしい視線が飛んでくる。その眼差しが宏弥に移り、挑戦的なものに変わる。

紗綾がお茶を淹《い》れて入室し、水川の前にだけ置いて出ていく。宏弥がひとつだけでいいと言ったためだが、暗に〝すぐに帰る――いや、帰らせるから〟と含ませているのが伝わってきた。

紗綾も歓迎されていない客だとわかっただろう。

「一ノ瀬さん、キミはずいぶんと勝手な真似をしてくれたじゃないか。この僕を差し置いて、あの工場に融資を持ちかけるなど」

水川は背もたれに背中を預け、顎を引いて宏弥を睨《にら》む。初《しょ》っ端《ぱな》から好戦的な口調だ。

「あなたにひと言断りが必要でしたか？」

「当然だろう！」

落ち着き払った宏弥が腹立たしかったのだろう。水川が声を荒らげてソファを拳で殴る。

その声と音に驚き、純奈は思わず肩をビクンと弾ませた。宏弥に殴りかかるのではないかと気が気でない。

「あの話はこの僕が進めていたんだ。それをいきなり現れ、かっさらっていくなど言語道断」

「恐れながら、ビジネスの世界でそれはあたり前ではないでしょうか。おとなしく順番待ちはするものではありません。スピーディーさが求められるのは、曲がりなりにも社長である水川さんもご存じだと思っておりましたが、私の買いかぶりでしょうか」

宏弥はまったく動じず、冷静な口調を貫く。

その態度がやはり気に入らないのか、水川は「若造のくせに生意気な口を！」と吐き捨てるように反論した。唾《つば》を飛ばす勢いだ。眉は左右非対称につり上がり、さらに怒りを露《あら》わにした。

「お言葉を返すようですが、そもそも今回の一件はあなたが仕掛けたものですよね」

宏弥は両膝の上に腕を置いて手を組み、目の前の水川を鋭い眼差しで見る。今にも彼を貫いてしまうのではないかというほど鋭利だ。

「……なにを言っているのかわからんね。僕が仕掛けた？　さっぱりわからない」

水川は外国人がよくするジェスチャーのように手のひらを上にし、両肩を上げ下げした。

（水川さんが仕掛けたってどういうこと？）

純奈も宏弥の言葉の意味が理解できない。

「架空の会社をつくり、芳本さんの工場に大量の発注をした。それも大至急必要だと」

「えっ……」

純奈は思わず隣で声を漏らした。

(架空の会社ってなに？　……水川さんが偽りの発注をしたの？　どうして？)

宏弥の口から信じられない事実が告げられ、頭の中がパニックになる。

「な、なにを根拠に言っているんだ」

水川は一瞬だけ目を泳がせ、明らかに動揺した。

「なぜ僕がそんな真似をするんだ。ずっと元請業者として芳本さんの製造工場に仕事を回してきた立場だぞ？　あの工場がなくなったらうちだって困る。だから援助だって申し出たんだ」

「目的は芳本純奈ですね」

唐突に名前をあげられ、純奈は戸惑った。

(私が目的だった……？　それじゃ、あの多額の借金は、初めから返済できなくなる想定で水川さんがつくらせたものだったの？)

そんな理不尽な話があるだろうか。唇を半開きにして、隣に座る宏弥の横顔を見つめる。

「はあ？」

水川は声を裏返らせてとぼけた。

「彼女を手に入れるために工場の経営を悪化させたのでしょう」

「なにを言ってるのか、さっぱりわからん。不愉快だ。だいたいそんな証拠がどこにある。思い込みで人を罵るのもいい加減にするがいい」

「証拠ならもちろん」

宏弥は冷静さを保ったまま立ち上がり、デスク脇に置いていたブリーフケースから封筒を取り出した。

再びソファに腰を下ろし、中から書類の束を引き抜く。

「ここにありますよ。あなたの所業のすべてが。架空の会社をつくり、偽の発注書や契約書類をでっち上げた。社長に仕立て上げた人物の証言も入手済みだ。芳本社長が従業員たちの再就職先を探していたとき、あらゆる方面に雇わないよう手を回していたのもあなたですね」

水川はテーブルに置かれた書類を引っ掴み、慌てて中身を確認しはじめる。その目は上下左右に素早く動き、顔から徐々に血色が失われていく。

まだ困惑の中にいる純奈は、その様子を呆然と見ていた。

「……こ、これこそでっち上げだ！」

読み終えた水川が書類をフロアに投げ捨てる。

「こんなもの、いくらだって作れるだろう。僕を純奈の前で陥れるための芝居だ。猿芝居はやめろ！」

今度こそ彼の唾がテーブルに飛び散った。激しい口調がかえって狼狽《ろうばい》を表しており、事実だと自分から認めているように見える。

「その言葉、そのままあなたに返しますよ。悪事はすべて露呈している。いい加減諦《あきら》めて、罪を認めるがいい」

水川とは対照的に、宏弥に怯む様子はまったくない。それどころか、堂々とした振る舞いは誇りに満ち溢れていた。

「なに⁉　ふざけるな！」

水川はテーブルにあった茶碗を掴むと、お茶を宏弥に浴びせた。

綺麗に整えられていた黒髪が濡れ、頬を伝ってスーツのジャケットに滴る。

「なにをするんですかっ」

純奈が声を上げるが、宏弥は冷たい視線を水川に向けるだけで動じない。

「あなたはじきに詐欺罪で起訴される」

「忌々《いまいま》しい小僧め！」

「きゃっ」

今度は宏弥の顔に向かって茶碗を投げつけてきた。

しかし宏弥は軽くかわし、それが壁にあたり音を立てて割れる。一瞬の静寂が社長室に舞い降りたあと——。

「こんなもの、こうしてくれる！」

イライラの頂点に達した水川が、書類をびりびりと破きはじめる。

止めようとした純奈を宏弥は静かに制した。放っておけと目が言っている。

「不愉快極まりない！　話しているのも無駄だから帰らせてもらう」

水川は立ち上がりながらソファを拳で叩き、肩で呼吸をしながら鼻息荒く社長室を出ていった。

「社長、大丈夫ですか⁉」

急いで取り出したハンカチで、宏弥の髪や顔を拭う。

「このくらいなんでもない。水も滴るいい男だろ？」

「ふざけないでください」

冗談を言っている場合ではない。茶碗が顔にあたっていたら、大怪我《おおけが》をするところだった。

おかげで純奈のほうが震えている。

「そうだな、悪かった」

純奈は、素直に謝れる宏弥をやはり好きだと実感する。自分の悪行を認めず、暴力に走る水川を見たせいで、余計に彼の魅力が際立つ。いや、水川と比較するまでもなく、宏弥は素敵な男性だ。

「父の工場のこと、あれからずっと調べてくださっていたんですね」

ハンカチでジャケットを拭いながら、ぽつりと呟いた。

宏弥が純奈の地元に現れたあの日以降、忙しくしていたのはこのためだったのだと思い知る。たかだか十日で水川の悪事を調べ上げて断罪し、純奈の実家も純奈自身も救済してしまう手腕とバイタリティーには脱帽だ。

真相を聞いたにもかかわらず、ショックを受けるよりも妙に納得している自分がいた。水川の人徳のなさがそうさせるのだろう。

「大切なものを守るための労力は惜しまない」

宏弥は強さと優しさが入り混じった目をして言った。

部下だから助けてくれただけに過ぎないと自分に言い聞かせないと、自意識過剰な心は勝手に愛を感じて浮かれる。お願いだから、真っすぐに見つめないでほしい。

「それ、使ってくれてるんだな」

宏弥がハンカチに気づいた。誕生日に贈ってくれたプレゼントだ。

「はい、社長からいただいたものは大切に使わせてもらってます」

好きな気持ちが滲まないよう細心の注意を払う。

いっそ好きだと打ち明けたほうが楽になるのかもしれないが、宏弥が恋愛感情を求めていなかったら今のポジションを失う可能性があるため避けたい。

いや、それとも優しい宏弥なら、憐《あわ》れに思ってそばに置いてくれるだろうか。家のために結婚させられそうになった純奈を不憫《ふびん》に思ったあとだけに。

（ううん、邪《よこしま》な気持ちなんて抱いたらダメ）

宏弥と結婚できる。その事実だけで十分。この想いをわかってほしいと願うのはわがままだ。

「今夜からしばらく俺のマンションで一緒に暮らそう」

「えっ？」

「まぁ、そのまま居座ってももちろんいいが」

突然の提案に目を丸くする。

宏弥は決して冗談を言っている目ではなく、真剣そのものだ。

「水川が純奈に接触してくる可能性がある」

「もうどうにもならないのに？」

宏弥に罪を突きつけられ、もう降参する以外にないだろうに。

「納得している様子じゃなかったから、どんな行動を起こすかわからない。腹いせに純奈に矛先を向けるかもしれないからね。細心の注意が必要だ」

たしかに、純奈との結婚を実現させるために工場を存続の危機に追い込むくらいだから、卑劣な手を使うのは彼にとってなんでもないことだろう。

「でも急ですし、迷惑なんじゃ……」

「気を使わないでくれ。ひとりにするのは心配だ」

「……わかりました」

「タクシーで帰って荷物をまとめておいてほしい。迎えにいくから待っていてくれ」

宏弥の言葉に頷いた。

仕事が終わり、純奈は宏弥に言われたようにタクシーでアパートに帰宅。会社の前やアパートで待ち伏せしているのではないかと警戒したが、不審な姿は見あたらなかった。

水川が帰ったあと、秘書室で心配そうに待っていた紗綾には、実家の家業がトラブルに巻き込まれたのだと差しつかえのない範囲で答えた。さすがに宏弥との密約は明かせない。

キャリーバッグを引っ張り出し、洋服やメイク道具など必要なものを片っ端から詰めていく。あれもこれもと手に取っているうちに、あっという間にバッグは満杯になった。

（あ、そうだ。あれも持っていこう）

引き出しに大切に保管していたバスソルトを取り出す。

それは昨年の誕生日に宏弥がくれた入浴剤セットの残りである。使いきってしまうのが惜しくて、ひとつだけしまっておいたものだ。

隙間にそっと忍ばせて、バッグを閉じた。

宏弥から【今から会社を出る】というメッセージが入ったのは、十五分前のこと。

そろそろ迎えが到着する頃かと腕時計を確認したそのとき、インターフォンが鳴った。

「社長だ」

荷物の準備もちょうどできたところ。純奈は小さく足音を響かせながら玄関へ向かい、ドアを開けた。

「わざわざありが――」

咄嗟《とっさ》に言葉をのみ込んだ。

「やぁ、純奈。昼間はずいぶんなことをしてくれたね」

水川だった。口角は上がっているのに目は笑っていない。声も平坦だ。

慌ててドアを閉めようとしたが、水川が即座に足を差し込み阻止する。

「やめてっ」

「婚約者の僕に、そんな態度を取っていいと思ってるのか」

「婚約なんかしてませんっ」

純奈はまだ返事をしていなかった。結婚の意思をはっきりと示していないのだから。

水川の足をつま先で押し出そうとするが、女の力。かなわず、水川はじりじりと足で侵入を試みてくる。

「帰ってくださいっ」

「そう言われてすごすご帰ると思っているのか？　僕をあんなふうに貶めておいて」

「先に仕掛けたのはあなたのほうです。父の工場を」

「キミのお父さんが愚かなせいだろう？　なんの疑いも持たずにホイホイおいしい話に乗るんだから」

水川は父親のことまで罵りはじめた。

「とにかく私はあなたとは結婚しませんからっ。……っ、帰って……！」

「あの男のように生意気な女だ！　こうなったら口答えなどできないようにしてやるっ」

優勢に立っていた水川が、ドアの隙間から一気に体を滑り込ませる。

「きゃっ」

その勢いに弾かれた純奈は、玄関先のフロアに尻もちをついた。

「既成事実さえつくってしまえば、お前もどうにもならなくなるだろう。その体に教え込ませてやる！」

水川は座り込んでいた純奈をその場に押し倒した。

「嫌っ、やめて‼」

むせ返るほどの不快なにおいが鼻を突き、顔を必死に背ける。両手を拘束され、下半身は水川に巧みに押さえ込まれ、足をばたつかせる程度しか動けない。

「誰かっ、助けて！　やっ」

必死に助けを求め抵抗するが、水川はびくともしない。大きな腹が純奈に触れ、全身が総毛立つ。

「社長！　社長、助けて！」

「いくら叫ぼうが無駄だ。お前は僕のものになる運命なのだから」

水川が純奈の首筋に顔をうずめようとしたそのとき――。

「ぐはっ」

水川がくぐもった呻き声を上げ、純奈のそばに崩れ落ちる。

なにが起きたのかわからなかったが、次の瞬間、純奈の目に宏弥の姿が飛び込んできた。

「社長！」

「悪い、遅くなった」

宏弥は素早く純奈を助け起こして自分の後ろに匿い、ぶざまに倒れた水川を押さえ込む。

うつ伏せになった水川の腕は、宏弥により背中で拘束され、身動きができない状態だ。水川の顔はみるみるうちに赤くなり、その形相はまるで鬼のよう。

「ぐっ……貴様、そこをどけっ」

「そう言われてどくとでも？　昼間のお茶のお返しだ。腕をへし折られないだけでもありがたく思え」

手の力を強めたのか、水川がぎりぎりと歯を食いしばる。

「くそっ、やめろ！」

血走った目で睨み上げるが、宏弥に鋭く尖《とが》った眼差しで見返されて目線を逸《そ》らした。

憐れな姿だが、同情する余地はない。

「純奈、警察に電話を」

「それはやめろっ……っぐ」

抵抗して頭を持ち上げたが、宏弥にすかさず制された。

「は、はいっ」

足をもたつかせながらバッグの中からスマートフォンを取り出す。震える指先でナンバーをタップした。

それから警察が到着するまでの間、宏弥は力を緩めず、水川をずっと押さえ込んでいた。

次第に抵抗する力も精神力もなくなったのだろう、警察官が到着したときにはすっかり観念したようだった。

水川は項垂《うなだ》れながら連行されていく。

「あなたが純奈たち家族にした数々の仕打ち、俺は一生許さない。強烈な恨みを抱いているのを忘れずにいろ。今度俺たちの前に現れたらどうなるか、想像しながら生きていくがいい」

「私の両親を騙した罪は一生消えませんから」

宏弥に続き、声を震わせながら水川の背中に最後の言葉をぶつけた。

ドアが閉まり、アパートに静寂が戻る。

ふたりきりになった途端、純奈はその場にへなへなと座り込んだ。誰かも確かめずにドアを開けた愚かな自分が情けない。

もうダメかと思った。ここで水川に体を奪われるのだと悲観した。そうなれば宏弥のそばにはいられないと。

その恐怖を思い出して震える純奈を宏弥がそっと抱きしめた。

「もう大丈夫だ」

優しい声に小刻みに頷く。ありがとうございますとなんとか言った。

水川が警察に連行されたため身の安全は確保されたが、宏弥はひとりにはしたくないと当初の予定通り純奈を自分のマンションに連れ帰った。

「お風呂でゆっくりあったまっておいで」

宏弥に促されて持ってきたバスソルトの存在を思い出し、キャリーバッグから着替えと一緒に取り出す。

「これ、社長に誕生日プレゼントでいただいたものです」

「まだ使ってなかったのか」

「最後の一個は使わずにしまっておいたんです。……大切にしたくて」

宏弥は困ったような笑みを浮かべ、純奈の頭をポンポンとした。

もう想いを隠しておける気がしなかった。

危険な場面で助けられ、宏弥の腕に抱きしめられ、好きな気持ちがどんどん溢れてくる。

ここ最近のめまぐるしい出来事を思い返しながらぬるめのシャワーを浴び、持参したバスソルトを入れたバスタブにゆっくりつかる。

水川に掴まれた感触が手首にまだ残り、何度もこすってはお湯の中に沈めた。

それでもなお、あのときの恐怖は消えず、あたたまっているのに体に震えが走った。

純奈に続いて入浴を終えた宏弥に案内されたのは、ベッドルームだった。

「ベッドはキミが使って」

「社長は？」

「俺はソファでもどこでも寝られる。気にするな」

（あっ、待って……）

おやすみと言って部屋を出ていこうとした宏弥の袖口を咄嗟に掴む。

「……ひとりにしないでください」

気づいたらそう口走っていた。アパートで怖い目に遭ったせいもある。でもそれ以上に、宏弥にそばにいてほしかった。

「なにを言っているかわかってるのか？」

純奈に向きなおり、宏弥が顔を覗《のぞ》き込む。

「好きな女が隣に寝ているのに手を出さずにいられるとでも？」

「……え？」

思いがけない言葉を聞き、声がかすれた。

（今、好きな女って言ったの？）

聞き捨てならず、宏弥を見つめ返す。

「気づいてなかったって顔だな。好きでもない女のために俺があそこまですると思うか？　俺はそこまで善良でもお人よしでもない。キミだからそうしたんだ」

宏弥は諭すようにゆっくりと言った。

（社長が私を……）

信じられない告白が純奈の鼓動のリズムを速くさせる。揺れる瞳が止まらない。

「私も好きです。……ずっと前から」

宏弥が打ち明けてくれたおかげで、想いがすんなりと口から出てくる。

気持ちを伝えられる日がくるなんて想像もしていなかった。

宏弥は一瞬だけ目を見開き、そのまま細める。安堵したような笑顔で純奈を抱き寄せた。

同じシャンプーの香りが鼻先をかすめ、彼の腕に包まれている幸せに浸る。宏弥は純奈を抱き上げてベッドにそっと横たわらせて、自分も隣に横になった。

純奈の手を取り、甲や手首に唇を押しあてる。もう一方の手も同じように繰り返した。

そうされているうちに水川の痕跡が徐々に消され、宏弥に塗り替えられていく。同時に嫌な記憶も薄《うっす》らいでいくのがわかった。

おそらく宏弥は、純奈の心理を敏感に感じ取ったのだろう。

これでもう大丈夫だよと、彼が優しく言ってくれているように思えた。

宏弥は腕を回して純奈を引き寄せた。

「今夜はこうして寝よう」

このあとの展開も覚悟していたため、戸惑いつつ彼を見る。純奈の眼差しに浮かんだ不安を察知した宏弥は優しく笑った。

「怖い思いをしたばかりのキミに必要なのは、そういう行為じゃない」

「社長……」

深い愛を感じて泣きたくなる。宏弥のような素敵な男性に大切にされる喜びが胸を震わせていた。

「そんな目をして見るな。理性を総動員して、今すぐ抱きたい欲望を抑え込んでいる俺には酷だ」

それでも言わずにはいられない。宏弥のパジャマをぎゅっと握り伝える。

「本当にありがとうございます」

「だから言ってるだろう？　俺を見つめるな」

「ごめんなさい、無理です。……好きだから」

宏弥の言動の一部始終を見逃したくない。今まで目を逸らして気持ちをごまかしてきたからこそ、堂々と見つめていられる幸せが純奈をとらえて離さないのだ。

「次はないからな。俺だっていつまでも紳士じゃいられない」

宏弥は純奈の額に唇を押しあて、「おやすみ」と言った。

逞《たくま》しく頼もしい胸に抱かれ、リズムが狂いがちになるふたりの鼓動の共鳴を聞きながら、純奈は目をそっと閉じた。

似た者同士の幸せな結末

およそ二週間後、純奈は宏弥の両親に会うため、彼に連れられてホテル、ラ・ルーチェにやって来た。奇《く》しくも純奈の地元で水川と待ち合わせたホテルと同じ系列である。

いよいよ宏弥の両親に対面するのかと思うと膝が震え、心臓も早鐘を打ちはじめる。

家柄は気にしない両親だと聞いているが、息子が本気で一般家庭の女性と結婚するとは考えていないからこそ出た言葉かもしれない。選ぶのは結局のところ、どこかの社長令嬢だろうと楽観視しているのではないか。今日、純奈と会うのを了承したのは、家柄の違いを見せるためなのではないか。

ついマイナスになりがちな思考を振り払い、なんとか前を向く。彼と結婚すると決めた以上、そこは避けて通れない道。会わずに逃げる選択肢はない。

昨日の土曜日から服装にさんざん悩み、アイボリーのワンピースを選んだ。首元にクリスタルビジューがあしらわれ、スカート部分がプリーツになったAラインのデザインは、純奈を上品に見せてくれる。

宏弥は上質なブラックスーツにホワイトカラーのクレリックシャツを合わせ、遊び心を持たせた感じが普段とは違う。白地に千鳥格子のネクタイとカラーの白とで統一感が美しい。

先ほど彼の母親から、先に到着したとメッセージが入った。

いざ、宏弥の両親のもとへ。

彼らが待つフレンチレストランの前で足を止める。深呼吸をして気持ちを落ち着けていると、隣で宏弥がクスッと笑った。

「そんなに硬くなるな。大丈夫。今日も純奈は綺麗だから」

「綺麗とかそういうので乗りきれる局面じゃありませんから」

反論した直後、〝綺麗〟に反応して頬が赤くなる。想いが通じ合ってからというもの、宏弥は純奈を必要以上に持ち上げるようになった。

職場では気持ちを律しているが、恋人同士の空気感は隠せないものなのか、紗綾だけはふたりの関係にいち早く気づいた。彼女の場合はずば抜けて高い察知能力のせいもあるだろう。想いが通じ合う前から感づいていたと言う。

「照れてる顔もかわいい」

「宏弥さん、本当にやめてください」

彼ほどの男に褒められて平常心でいられる女性はいないだろう。おかげで緊張がほぐれたのは幸いだ。

「さあ行こう。両親には純奈のことも家のこともすべて話してあるから、なにも心配しなくていい」

「ご両親はそれでもいいとおっしゃっているんですか？」

「ああ」

両親の了解まで先に取りつける宏弥の手腕には脱帽だ。

宏弥は純奈の腰に手を添えて歩きだした。歩調を合わせるさりげない気遣いだけで鼓動はたやすく弾む。

純奈は彼の一挙手一投足に、きっとこれからも胸を高鳴らせるに違いない。

レストランに到着し、スタッフは純奈たちを窓辺へ案内した。目の前に広がるのは渓谷と見まがうほど自然に溢れた中庭。ここが都内とは思えない景観に目を奪われつつ、宏弥の両親の座るテーブルに近づいていく。

「お待たせ」

宏弥が手を上げると、ふたりは揃って立ち上がった。

「張りきりすぎて、ちょっと早く着いてしまったよ」

彼の父親が屈託なく笑う。オールバックにしたシルバーのヘアスタイル、柔和な顔には年齢相応の皺《しわ》が刻まれている。グレーのテーラードジャケットにノーネクタイ。第一ボタンを外したホワイトシャツでラフさを演出したスタイルが若々しい。

「宏弥が彼女を紹介してくれるなんて初めてなんだもの、気合が入って当然よ」

その隣で上品な笑みを浮かべる彼の母親は、高い頬骨と切れ長の目が印象的な美人である。レモン色の着物はこの時期にぴったりだ。

ふたりとも明らかにセレブなのに気取ったところはなく、親しみやすい雰囲気をまとっている。

「純奈さんに喜んでほしくてアフタヌーンティーにしたの。甘いものは平気？　もしも苦手だったら、すぐに別のものを手配するわ」

「いえっ、スイーツは大好物なのでうれしいです」

両手を振って恐縮する。喜ばせようとしてくれるなんて感激だ。

「それはよかったわ。好みをリサーチしてからにすればよかったのにと、夫に言われてちょっとへこんでいたところだったのよ」

「勇み足な妻で申し訳ない。でも喜んでもらえてうれしいよ」

「こちらこそありがとうございます」

ふたりから感じる歓迎ムードが、それまでの緊張を一気に吹き飛ばした。

見上げた宏弥の目が〝な？〟と言っているのがわかる。それに微笑み返し、彼らの前の席に腰を下ろした。

「こんなに素敵なお嬢さんを隠していたとは、うちの息子もなかなかだな」

「ほんとよ。早く紹介してくれればよかったのに、出し惜しみしていたのね？」

「こうなるのがわかっていたから面倒だったんだ」

つれないことを言っているようだが、その表情はやわらかい。その様子から、とてもいい家庭環境で育ってきたのが伝わってくる。

「持つべきものは息子じゃなく娘だな」

「でもあなた、これから純奈さんは私たちの娘も同然ですから」

ふたりはハッとしたように笑い合う。夫婦仲もとてもよさそうだ。

「そうだな。純奈さん、私たちのことも本当の親だと思って甘えてくれてかまわないからね」

「宏弥を抜きにしてうちに遊びにきたっていいんだから」

「はい、ありがとうございます」

純奈たちの結婚を心から受け入れてくれているようだった。

ほどなくして三段のスタンドが四つ運ばれてきた。パープルとピンクに彩られたスイーツは、まるで花束のよう。瑞々《みずみず》しいベリーを使ったスイーツは初夏を思わせる。ドリンクは純奈の大好きな紅茶だ。

十種以上のベリー類と組み合わせたプチガトーや、イチゴをアクセントにしたセイボリー、バニラが華やかに香るブルーベリータルトなど、心がときめくスイーツを純奈は弾む会話とともに堪能した。

四人で午後のひとときを過ごし、両親とエントランスで別れたあと、宏弥は純奈の手を引いてフロントへ向かった。

「帰らないんですか？」

「今夜はここの最上階で過ごそう」

てっきり帰るものと思っていたため、突然の誘いに心臓が飛び跳ねた。

宏弥のマンションで一夜を明かしてから、純奈は彼と夜を共にしていない。つまり、まだキス止まりの仲なのだ。

「でも、着替えの用意が」

「そんなのいくらでも手配できる。それに……」

宏弥は純奈の耳元で囁いた。

「むしろ必要ないだろう?」

洋服を着る時間などないと暗に含ませたように言われ、顔がカーッと熱くなる。

「朝までにクリーニングが完了すればいい。もちろん新しい洋服の用意も可能だ。……嫌なら帰るが」

宏弥に顔を覗き込まれ、小さく首を横に振る。拒否する気持ちは、はなからない。

チェックインを済ませ、手を引かれてエレベーターに乗り込む。階数が上がるにつれ、純奈の心拍数も比例して上昇する。

(今夜、とうとう宏弥さんと……)

そう考えるだけで胸が震えるのは緊張のせいばかりではない。どちらかというと喜びのほうが大きいだろう。

最上階に到着し、誘《いざな》われたのはスイートルームだった。

足を踏み入れた途端、壁一面の大きな窓から東京のパノラマビューに迎えられる。夕刻を迎え、薄紫色に染まった街が美しい。

思わず窓辺に張りついた純奈を宏弥が背後から抱きしめる。その手には小さな箱が握られていた。

中身の想像がつくベルベット素材の箱に期待が膨らむ。

宏弥は純奈の目の前で蓋《ふた》を開け、中からダイヤモンドリングを取り出した。V字にくびれたシャープなデザインでミルグレインが施されている。その、ずらりと並んだ小さな粒の装飾がダイヤモンドの輝きをより一層引き立てている。

「手を貸して」

言われるまま左手を差し出すと、宏弥が箱から取り出した指輪を薬指に滑らせた。ぴたりと定位置で止まる。大きくも小さくもない、ジャストフィットだ。

「どうして……?」

肩越しに宏弥を見上げた。

「以前、指輪の話をしたのを覚えてる?」

「はい……あっ、あのとき」

そのときの会話を思い出した。

宏弥に女性の一般的な指輪のサイズを聞かれたのだ。人によって様々だと言うと、例えば純奈のサイズはいくつかと問われ、八号と答えている。

「今だから白状するが、純奈が退職届を出した日にこれを渡そうと思って、ここに入れていた」

そう言って宏弥は左の胸のあたりを右手で押さえた。

「えっ⁉」

あのとき宏弥のジャケットの内ポケットに指輪が入っていたなんて想像もつかない。

純奈は体を反転させ、宏弥と向かい合った。

あの日はちょうど二十七歳の誕生日で、朝にはハンカチをプレゼントされている。

その夜に指輪まで用意していたなんて思いもしなかった。

「俺は、付き合ってもいないのに誕生日にプロポーズしようとした痛い男だ」

「それなら私は、宏弥さんに恋をして、ずっと秘めたままそばにいた痛い女です」

「お互いさまってわけか」

「はい」

ふっと笑みをこぼした宏弥に笑い返す。

片想いで終わるはずだった。幸せとは縁遠い場所で生きていくはずだった。

こんなにも素敵な結末に転がった奇跡に、これから迎える輝かしい未来に胸が大きく弾む。

高校生のときに出会った水川が運命の人なのかと悲観したが、あの日あのホテルで偶然出くわした宏弥こそが運命の人だったのだ。

腰を引き寄せられ、間近で絡み合った視線が熱い。

いつの間にか窓の外は藍色に染まっていた。

「純奈、愛してる」

初めてもらった愛の言葉が純奈の耳から入り、全身を駆け巡る。いっそ、その言葉に縛られ、永遠に宏弥に囚《とら》われていたい。

「私も」

〝愛してます〟の声は、彼の唇にのみ込まれた。

おわり

恋も仕事も奪われた私ですが、お忍び社長に愛されているようです

川奈あさ

崩れ去った平凡な幸せと不思議な同僚

「『ゴルドシステム』に行ってきまーす！」

にこやかな笑顔を私に向けた小久保《こくぼ》さんは、隣にいる岡島《おかじま》さんを見上げた。岡島さんは優しい笑みを返し、そのままふたりは寄り添うようにオフィスから出ていった。

岡島さんは先月までは私の彼氏だった。新卒で入社して以来、ずっと同じ部署で今は上司でもある。爽《さわ》やかで優しく頼りがいのある彼が、地味な私に告白をしてくれるだなんて思わなかった。特に隠すこともなかったので、周囲のみんなも公認の仲だった。そんな中、一年間なんの問題もなく穏やかに付き合っているのだと思っていた。

「菜月《なつき》、いいの？」

ふたりを威嚇するように見送るのは、私の同期の有希《ゆき》。呆《あき》れた目をそのまま私に向ける。

「ゴルドシステムって菜月が企画考えた会社でしょ」

「うん。でも〝適材適所〟だから」

「それいつも言われてるけど、いつもいつもおいしいとこ取られてない？　それよりもふたりのあの距離なんなの。知ってるんでしょ、岡島さんと菜月が付き合ってるって」

ずきり。胸が小さく悲鳴を上げる。

「じつは先月振られちゃったから。私がなにか言う権利はないんだ」

「はあ？　聞いてないけど！　もう時間だ、ごめんまた話聞くから」

「ありがとう、心配してくれて」

パンツスーツが似合う有希は立ち上がると、オフィスから颯爽《さっそう》と出ていった。

残された私はため息とともにふたりの寄り添った姿を思い出す。ふたりは今どういう関係なんだろうか。考えると気持ちが暗くなる。

ひとまず目の前にある企画書を完成させなくては。私は考えを振り払いながらキーボードを叩いた。

私の会社は『ダイスエンジン』というＩＴ企業にしては大きい三千人規模の会社だ。

まだ十年目の会社だが年々規模を拡大している。

ゲームアプリをはじめ様々なメディアコンテンツを手がけている会社で、私の所属している部署はＰＲ事業部。通常のＣＭとは異なり、リアルイベントを開催したり、

TV番組とのコラボをしたり、企業の様々な広報的仕掛けを企画する部署だ。

私は企画営業チームの一員として、PR内容を企画立案しそれをクライアントに提案、進行する業務を担当していた。

入社して四年目。新卒で入社してからこの部署に配属されてずっと企画営業をしているが、実のところは営業が大の苦手だ。

PR内容を企画するのは好きなのだけど、元来の内気な性格から初対面の人と話すのは得意ではない。それでもクライアントとは地道に良好な関係を築き、なんとかやってきた、はずだった。

堅実に真面目に生きて、普通の幸せがあればそれでいいと思っていた。

だけど私の〝普通の幸せ〟は崩れ去ってしまった。……二カ月前、小久保さんが入社してから。

＊＊＊

小久保さんは中途入社し、私の企画営業チームに配属された。色白小柄な彼女はかわいらしく、前の職場でも営業をしていただけあり、はつらつとした明るい女性だった。

「営業力には自信があるんですけど、ＰＲの企画はしたことがないんですよ」

「吉平《よしひら》は企画力があるから学ぶことも多いと思うよ」

企画が初めてで不安な小久保さんに、企画営業チームリーダーである岡島さんが考えたことは私とペアを組ませることだった。

「わーっ、担当されたイベントすごいって思ってたんですよ！　よろしくお願いします！」

人懐っこい笑顔は無邪気でかわいらしく、私も頼られて悪い気はしなかった。

「菜月、悪いな。ただでさえ仕事が多いのに頼んじゃって」

会議室から出たところで岡島さんに小声で話しかけられる。

「俺が一番頼れるのは菜月だからさ。本当にありがとうな」

岡島さんは私の背中を優しく叩くと喫煙室に向かった。その背中を見つめながら岡島さんの役に立てるならうれしいと思う。

「私、企画はできないかもしれません……」

数日後、ミーティングを兼ねたランチの席で小久保さんは悲しげな表情で岡島さんに切り出した。

「私と吉平さんって得意なものが真逆ですよね。……というか、吉平さんってあんまり営業っぽくないですよね。なんで企画営業に配属されたのかな」

小久保さんがキラキラした瞳でこちらを見る。ふんわりとしたブラウスにアイボリーのスーツ、華やかなメイク。

対して私は見た目も地味だし、あまりトークもうまくない。

「吉平の企画力はすごいから」

岡島さんの優しい声が降ってきて安堵する。

PRの内容を考えるのは得意だし、その企画力を買ってくれているクライアントもいくつもある。それを岡島さんも評価してくれていた。

「でもたしかにふたりは得意なことが異なるな。小久保の評判はクライアントからも聞いてる」

「じゃあじゃあ！　吉平さんは企画を考えて、その後私がクライアントとやり取りして進行していく、みたいに担当分けちゃいますかっ？」

「それは困ります……」

クライアントとの打ち合わせは企画を練るときに役立つ。実際に生の声を聞いてそれを反映するだけでも得られる成果は全然違う。会社の中にいるだけではわからないことも多いのだから。

焦る私に小久保さんは楽しげに笑った。

「ふふっ、冗談ですよ」

「本気にしたのか？　本当に吉平は冗談が通じないな、ははは」

「クライアントの冗談ちゃんと流せてますかぁ？」

嫌み交じりの問いかけに曖昧に笑うしかなかった。

そして冗談だと言ったはずなのに、本当に私はクライアントとの打ち合わせに出かけることが減った。

「新規案件の窓口は私が担当しますよ、〝適材適所〟ですから」と小久保さんが微笑み、岡島さんも頷く。

今まで私が担当していた企業はなんとか譲らずに済んだけれど、新規の営業先はなくなった。

小久保さんの入社からひと月ほど経った頃。

突然私は岡島さんから別れを切り出された。直接話すこともなく【ごめん、別れたい】とメッセージだけが届いた。

電話やメッセージは無視され、会社でもふたりきりにならないようにのらりくらりとかわされる。冷たく拒絶する瞳を見てもう無理なのだと悟れば、「別れたくない」とすがりつくこともできず、理由を聞くことさえできない。こんな気弱な自分が本当に嫌になる。

そして別れの理由は嫌でもわかってしまう。私に別れを告げたと同時期に岡島さんと小久保さんの距離はぐっと近づいた。他部署の有希でもわかるくらいふたりは親密で、物理的な距離も近かったのだから。

＊＊＊

「今日からうちの部署に入ることになった美山《みやま》さんだ。もともとはゲーム事業部にいたプログラマーだ」

朝のミーティングで、ＰＲ事業部長が男性を紹介した。

「美山大吾《だいご》、三十二歳。プログラマー。よろしく」

低い声でぶっきらぼうにそれだけ発した彼は、部のメンバーをちらりと見るだけだ。

たぶん見た……と思う。断定できないのは彼の前髪が長く、口元しか見えないからだ。黒い前髪を垂らしているが、大きな眼鏡《めがね》をかけていて、そのレンズの色が薄いブルーだということはわかる。ただ、その奥にある瞳はよく見えない。

すらりと身長は高いがひどい猫背で、モスグリーンのジャージ姿。一見オーバーサイズのようだけれど、手首も足首も出ていて袖も裾も丈も短く、明らかにサイズは合っていない。着古しているのか、毛玉だらけだった。

内勤の男性の中には見た目に無頓着な人も多いから、彼が特別珍しいわけではない。だけど清潔感のない見た目に、露骨に顔をしかめた人もいた。

簡単に紹介を終え、朝のミーティングは終わった。

「『新井《あらい》テクノ』の担当は誰だ？」

初対面の人たちの前とは思えない横柄な口調で言いながら、美山さんは周りを見回す。

新井テクノの担当は私と小久保さんだ。正確にいえば私が企画を考えて、その後の営業進行はすべて小久保さんに取られてしまった。隣にいる小久保さんを見ると彼女は小さく首を振る。どうやら彼と話す気はなさそうだ。

「新井テクノの担当をしている吉平です」

「PRサイトを作るから企画書を見せてもらえるか」

私は自分の席まで誘導し、パソコンの画面が見えるように隣の椅子に座ってもらった。

プログラマーはPRサイトのページを制作したり、イベントで必要になるシステムなどを開発してくれる重要な仕事だ。新井テクノはサイトを作る予定になっていたから、企画書を基に話を進めていく。

美山さんは口数は少ないし愛想はとてもいいとはいえなかったが、詳しく説明せずともすぐに理解してくれ、話はどんどん進んだ。

この人かなり仕事がしやすいな……と感動していると、美山さんは別の企画書を私に見せた。

「『春川《はるかわ》ホールディングス』は誰が担当している？」

「岡島さんですね。——今外出されてますから、お急ぎでしたら私が答えますよ」

「担当でないのにわかるのか？」

「元々は私が企画を考えたものなので わかると思います」

私がパソコンのデスクトップ上の企画書フォルダを開くと、隣で美山さんも覗き込む。

「この部の企画書はすべてここに入っているのか？」

「これは私が立案したものだけです。正式な企画書は共有フォルダに入っていますから」

そう言いながら、何十ものファイルの中から春川ホールディングス関連の資料を出すためスクロールする。

「この数。キミが部のほとんどの企画を考えていないか？　そのわりにキミの担当が少ない」

じっと見つめられるが、長い前髪とブルーのレンズに遮られ彼の表情は読めない。

企画書は私が作ることが多かった。営業が苦手なぶん、得意な企画立案は頑張ろうと張りきってやっていたし、私が失敗しないように大型の案件や大手企業の案件は岡島さんが営業を担当してくれていた。そんな岡島さんの口癖は、『チームで勝つことが重要、〝適材適所〟で得意なことを伸ばそう』だった。

「企画は得意なんです。だけど営業は少し苦手なので、ほかのメンバーに助けてもらっています」

本当は最初から最後まで私が担当できるのが一番いい。だけど岡島さんの言う〝適も優秀な人が異動してきてくれたみたいだ。

ほかの案件も同様にスムーズに進んでいった。見た目は少し怖く感じたけど、とて
彼はそれ以上は言及せずに、話を進めていく。

「なるほど……わかった」

材適所〟の意味もわかる。


ランチに出かけようとしている小久保さんがこちらを見て微笑んだ。

「吉平さん、なんだか美山さんに懐かれてないですかぁ？」

美山さんが異動してきて一週間が経った。異動してきた日から美山さんは、自分の作業が終わって手が空くたびに私の席にやって来ていて、二日目には、美山さんの席は私の隣になっていた。

懐いているというよりも、業務の合間に私の企画書を読みたがる、というのが正しい。まだ彼の業務に関わる段階ではなくとも、企画が会議で通る前でも、いつも熱心に目を向けている。

「入場受付ブースがやたら大きいな。これはなぜだ」

二カ月後に予定されている『フェリチタ・ブライズ』のウエディングイベントの会

場図を見ながら美山さんは私に尋ねた。

「受付で属性を割り振るからですよ」

「属性？」

「はい。三つの属性に分けるんです。結婚式場を探しているカップル。式場は決まっていて披露宴の演出や指輪やハネムーンを検討しにくるカップル。婚約していない未来の顧客カップルなど。受付で軽くヒアリングして、色分けしたネックストラップ付きのカードホルダーを首にかけてもらいます。昨年受付に長蛇の列ができてしまいまして……それを解消するために、受付に大きくスペースと人員を割こうと思っています」

私が答えると、美山さんはため息をついた。

「改善方向を間違えているな。その場合に必要なことは、受付をもっと簡単に済ませることだろう」

反対意見を出されると思わなかったので面食らいつつ、彼の意見に耳を傾ける。

「入場する際に自身のスマホで属性を答えてもらったらいい。バーコードをかざせば回答済みの情報を印刷できるようにしておいて、来場者自身でカードホルダーに入れてもらう」

「そのシステム、二カ月で開発可能ですか？」

「あたり前だろ」

表情は髪の毛に隠れているが、自信満々なのがわかる。ゲーム事業部のプログラマーは、ダイスエンジンの中でも特に優秀な人材が集まる部署として有名だ。

「しかし天下のダイスエンジンだというのにシステムに頼らないとは……有能なプログラマーがＰＲ事業部にほとんど配属されていないことも問題だな。新しいシステムをつくろうとせずに既存の考えのまま行っている。優秀な者をゲーム事業のほうに送りすぎているな……」

美山さんはぶつぶつと呟いている。前の部署に戻りたくなってしまったのだろうか。

「ＰＲ案件は単発ですから、工数がかかるシステムの開発には乗り気ではないのです」

「受付システムはほかのイベントにも流用できるだろう。単発で見ずに長い目で見たほうがいいこともある」

美山さんは言葉をオブラートに包まずどんどん突っ込んでくるけど、勉強になることが多い。

彼の言う通り、せっかく優秀なプログラマーが多いこの会社なのだから、もっとその強みを生かした企画を考えるべきかもしれない。

私自身の発想には限界があるけど、美山さんと話しているとシステムで解決できることも多いのだと知る。企画の幅が広がる！　美山さんとの会話は有意義で、話していて楽しかった。

「岡島さん、春川ホールディングスの件で相談したいことがあるので少しお時間をいただけないですか？」

数日後の朝、企画書を持って岡島さんのデスクまで出向くと、彼の目はわかりやすく泳ぎ、気まずそうな顔に変わる。

「すまない。今日は一日中外に出ているから難しいな」

「急ぎではないので明日でも大丈夫です」

「あー……じゃあメールで送っておいてくれるか？　目を通しておくよ」

無理に作ったであろう笑顔を私に向けると、彼は席を立った。

あからさまな態度に唇を噛む。岡島さんは仕事上でも私と関わるのを避けている。

プライベートな話ではなく本当に仕事の相談をしたいのに……ふたりきりになれば復縁を迫るとでも思っているのかもしれない。

公私混同して、直属の上司としての役目を果たしてくれない彼にも、その程度の扱いしかされない自分にも、情けない気持ちがこみ上げる。

仕方ない、メールで用件を送るか。口頭であれば十五分もあれば終わる話なのに、わざわざメールでやり取りしなければならないなんて。ずっとこのままだとやりにくいな。これまでのことは気にしないでほしいと伝えたほうがいいかもしれない。

自分の中で、復縁するつもりがなくなっていることに気づく。あんなに憧れていた人に日に日に失望するのは切なかった。

「ふふ、なんだかお似合いですね」

席に戻りお弁当箱を開いたところで、上から声が降ってくる。小久保さんがいて、隣でおにぎりを食べていた美山さんと私を見比べている。顔から全身まで無遠慮に見る彼女の笑顔には含みが感じられる。

私は外に出ないからと思ってゆったりとしたグレーのウールのセーターと黒のロングスカート。色合いも地味で野暮ったく見えるかもしれない。

隣にいる美山さんは今日も色あせた毛玉付きの愛用のジャージを着ている。

「お待たせ、小久保。行くか」

ぱりっとしたスーツを着こなした岡島さんが戻ってきた。隣に立つ小久保さんは、同世代に人気のファッション雑誌の着回しコーデに出てきそうな格好で……ふたりはお似合いだ。

「ゴルドシステムの最寄り駅におすすめのランチがあるんですよっ！」

小久保さんは彼の腕に自分の手を添えた。まるでいつも腕を組んでいるかのように。

岡島さんは、やんわりとそれを避け小声でなにか小久保さんに言っている。皆の前では困るよ、あらかたそんなところだろう。

岡島さんに言われて初めて気がついたかのように小久保さんは私たちを見ると、どこかうれしそうに微笑みながらその場を去った。

彼女が残した笑みが鉛のように喉につっかえる。

「まだあの男のことが好きなのか」

美山さんはふたりをぼうっと見送りながら、ストレートに尋ねてくる。

周りに興味がなさそうな彼が、人の恋愛事情を知っているのは意外だ。

「どうなんでしょう。よくわかりません」

岡島さんのことが好きだった。優しくて頼りがいがあって誠実で。そう思っていたけど、最近は「彼ってこんな人だったたっけ」の連続だ。

「ふうん」

自分から質問したわりにあまり興味はなさそうな声を出した彼は、「はい」と私に手のひらを差し出した。

……なんだろう。

とりあえず手をグーにして彼の手のひらにのせてみると、彼はゴホゴホと大きくむせた。

「おい、なんだこの手は」

「……お手なのかと」

「そんなわけないだろ」

手をのせるのはどうやら間違いだったらしい。恥ずかしさがこみ上げ、一気に頬が熱くなる。彼の表情はいつだってわからない。だけど長い前髪の隙間から見える頬が赤くなっている。

「春川ホールディングスの企画書。貸せ、俺が見てやる」

「あ、ああ！　そうですよね、あはは、すみません」

「お手を求めるわけないだろう」

怒っているようで照れを含んだ言葉に、かわいいと思ってしまう。私は頬を緩ませながら、先ほど岡島さんに見てもらうはずだった企画書を差し出した。

「お願いします。ここの会場、動線が気になっていて」

「うん、これは変更したほうがよさそうだ」

仕事モードに戻った美山さんは的確なアドバイスをくれる。美山さんはプログラマーで、企画営業は専門職ではないはずだ。なのに彼の視野は広くアイデアも多かった。

「しかしいい企画だ。前回のイベントの弱みをつぶしている」

「あ、ありがとうございます！」

彼は一見冷たく見えるし、なんでも遠慮せずに言う。だからこそ、そんな彼に褒められるとうれしい。くすぐったい気持ちを隠しきれなくなりそうで、私は企画書で顔を隠した。

美山さんが異動してきてからひと月ほど経った朝、大きなニュースが舞い込んできた。

【新規事業案募集！　社内コンペのお知らせ】

全社に社長から送られたメールは、その日一番の話題となった。

様々なサービスを展開しているダイスエンジンの、新たに主力となる事業のコンペを開催するという知らせだ。審査は社長が務め、採用された案は実際に部署を設けて事業化される。

「採用されたらそのまま事業部長になれちゃうってすごい」

昼休み。有希が私のもとにやって来て開口一番、今注目の話題を持ち出した。

「でももっとすごいのが、社長がその場に来て審査するらしいのよ！　ついに社長の顔が見られる！」

これが大きな話題となったひとつの理由だった。

私は四年在籍していながら社長に会ったことはない。少し変わった人らしく、メディアへの露出はもちろん社内でも顔を見せることはない。面接も社長は別部屋のモニターで見ていただけで、直接言葉を交わしたこともなかった。

年齢、学歴やプロフィールもすべて不明で、知っているのは「深山大也《ふかやまだいや》」という名前だけ。それも偽名なんじゃないか、じつは女性なのではないかと噂されているくらいなのだから、皆が騒ぐのも無理はない。

「それで菜月はこのコンペに応募するの？」

質問を受けて言葉に詰まっていると。

「その様子だとなにか案はあるんだ？」

「……でも皆の前で話す自信はなくって。有希は？」

「私はそもそもそういうのを考えるのは苦手だから、全然なーんも。頑張ってみたら？」

「考えるだけ考えてみるよ」

有希が立ち去ると、隣の美山さんがサンドイッチをかじりながら私を見ていた。

……そうだ。美山さんと一緒にというのはどうだろう。

このコンペは、チームでも単独でも、どちらで参加してもいい。美山さんと一緒にやれるならきっと楽しい。

「よかったら私と一緒にやりませんか？」

「やらない。俺は俺で考えてるものがあるから」

返ってきた言葉はそっけなかった。仲よくなれたと思っていたけれど、少し調子に乗ってしまったかな。

気まずさと恥ずかしさから私は「ですよね」と笑顔を返すが、美山さんはどうでもよさそうにパソコンの画面に目を戻した。

「みなさんの前で発表する自信がないなら、私協力しましょうか？ ここの企画営業チームで出すっていうのもいいですよね」

パソコンの向こうから笑顔をニコニコと向けているのは小久保さん。

「まだ出すとは決めてないの」

私は曖昧な笑みを浮かべて、視線を落とした。

美山さんを頼ろうと思っていたのは情けなかったな。まずはひとりで企画書を作ってみよう。自分自身に活を入れて、パソコンに向き合う。

「そうだ、吉平さん。別件で相談があるんですよぉ」

小久保さんはそう言うと私の席までやって来た。……嫌な予感しかしない。私は一呼吸のみ込んでから彼女に笑顔を向けた。

「フェリチタ・ブライズのウエディングイベントですけど、私に任せてもらえません？」

「えっ」

「じつは学生の頃、結婚式場で模擬挙式のモデル役をしてたこともあったんですよ。だから吉平さんより詳しくてずっとうまくやれると思うんです」

まるでおもちゃを欲しがる子どものような物言いに体が固まる。フェリチタ・ブライズとは新卒のときから関わらせてもらって、今年でもう四年目のイベントだ。私のほうがフェリチタ・ブライズにも、ウエディングイベントにも詳しい自信がある。

たしかに私は小久保さんほど、円滑なコミュニケーションを取れるわけではない。だけど蓄積された信頼関係があるのだ。それらを無視して踏みにじるような発言に怒りの火種が燻《くすぶ》る。

……ううん、腹を立てても仕方ない。冷静にならなくちゃ。

でも……『フェリチタ・ブライズのイベントは大きくて新人の私にはできそうにありません』と言っていたはずなのに。どうして突然。

「ウエディングの知識はありますし、初対面の人とでもすぐに仲よくなれますから！相手はお忙しいと思うんで、スムーズに話を進められたらと思って」

「——打ち合わせはマネージャーとするから、タレントに会えるわけではない」

小久保さんの言葉に冷たい声で返したのは美山さんだ。その言葉にはたと思いあたる。

……そうだ、昨日ゲストの名前が公表されたからだ。

例年同性が憧れる女性の人気モデルや女優をイベントに呼んでいたが、今年は少し趣向を変えて人気の若手男性俳優にトークイベントを依頼し出演が決まっていた。どのようなトーク内容にするか、今週打ち合わせをすると決まったばかり。

クライアントと打ち合わせするように、俳優とも直接打ち合わせができると思ったのか。美山さんの指摘が図星だったらしく、小久保さんは唇を噛んだ。

「当日は俳優さんにご挨拶する時間もありますから、よかったら当日イベントを手伝ってください」

空気を和らげるように言葉を投げかけると、小久保さんは少し不満気な顔をしながら「ランチ行ってきまーす」と立ち去った。

「ありがとうございました」

私が美山さんに小さな声でお礼を言うと「キミはなぜ彼女になにも言わない？」と真剣な顔で聞かれる。

「……適材適所みたいです」

「それでいいのか？」

美山さんの低い声を受けて、小さく首を振る。

「本当はこんな自分嫌なんです。たしかに小久保さんはお話が上手ですし、相手に好かれるのは彼女だと思います。……でも企画営業は企画を考えるだけじゃなくて、相手の反応をうかがってそれをもとにご要望を叶えたり、よりよくしていくのが仕事だと思っているんです」

「その通りだな」

わかっているのに止められなかった自分が情けなくて恥ずかしい。

「これからはもっと努力しようと思います」

「努力？　なんの？」

「小久保さんみたいに人に好かれるような――」

「必要ない。営業スタイルは各々違うものだろう。コミュニケーションが得意なやつはたしかに営業に向いてるが、それがすべてなのか？」

ストレートな物言いに言葉が詰まる。

「そうですよね……」

本当はわかっている……。私のクライアントにも、トークが軽快でコミュニケーションが得意な人もいれば、口数は少ないけど丁寧に応じてくれる人もいる。どの人もそれぞれのよさがある。今までの四年間。ちゃんと誠実に対応すればわかってくれている人が多かったんだから。

「キミにはキミのよさがある。キミが営業向きだから新卒で企画営業に配属されたんだろうし、今もそのままなんだろう。違うか？」

美山さんの声に思わず俯く。自分より得意な人に遠慮してしまって積極性のない自分が情けなかった。〝適材適所〟で得意な人と役割分担すれば丸く収まると思っていた。

だけど一度も、異動の話が出たことはなかったし、クライアントにクレームをつけられたこともない。彼に言われて改めて自分を見つめなおしてみる。自信がなくて自分の価値を勝手に決めつけていたんじゃないだろうか。

『キミにはキミのよさがある』——今ならば素直にその言葉を受け入れられる気がした。

「……ありがとうございます。そうですよね、私ちょっと最近自分を見失ってたかも、です」

顔を上げると美山さんは微笑んでくれた、のだと思う。相変わらずなにを考えているかわからないけど彼がまとう空気は優しい。

「吉平……まだ残ってたのか」

ほとんどの社員が帰宅した中、ひとりパソコンの前にいるとオフィスに岡島さんが入ってきた。

私がいると思わなかったのだろう。気まずそうな顔をして自分の席に移動する。……待ち伏せていると思われたかな。

「すみません。仕事は終わっていたんですが、新規事業コンペについてまとめたかったので」

言い訳のように返すと岡島さんはこちらを向いた。そして自分のデスクの上に置いてある封筒を手に取ると、そのまま私のデスクに向かってくる。いつものように避けられるだろう、彼はすぐに帰るのだろう、と思っていたから予想外の動きに体が固まる。

彼とふたりきりになることをまったく想定していなかった。

岡島さんは私の隣――美山さんの席に座ると、眉を下げて私を見つめた。その表情は付き合っていた頃と変わらない。

「今日は接待だったんじゃ？」

「そうだよ、今終わったところ。忘れ物をしたから」

岡島さんの頬は少し赤く、近くに座るとお酒のにおいに混じって彼の匂いがした。

久々の距離に落ち着かない気持ちで椅子に座り直す。

「菜月、すまなかった」

久しぶりに菜月と呼ばれた。そして熱を持った瞳で見つめられるのも久しぶりだ。

「……この後うちに来るか？」

体がさらに固まる。……今、なんて？　私たちは別れたんじゃなかった？

「きゃっ……！」

岡島さんの手が私の肩に触れて私は反射的に避けてしまった。とろんとしていた岡島さんの瞳が鋭くなる。

「え」

「あ、すみません……驚いてしまって。……私たち、お別れしました……よね。小久保さんに悪いですから」

小久保とは付き合っていないよ。菜月のことが好きだよ。そんな返事がくるかもしれない。そう思って身構えてみたが、小久保さんの名前を出すと岡島さんは頭をかりかりとかき「そうだよな、すまない」とあっさり引き下がった。

その態度に胸がさあっと冷たくなる。ああそうか。私を二番手として、お酒に酔ったときに都合よく使える相手として扱おうとしただけなんだ。

「これからも仕事ではよろしく頼むよ。菜月のことを信頼している気持ちに変わりはないから」

「はい、これからもよろしくお願いします」

岡島さんのことはもう諦めていた。だけど少しだけ、ほんのわずかに心に残っていた未練も砕け散る。

「どんな企画を考えているんだ？」

「なんのことですか？」

「新規事業コンペだよ」

穏やかな口調で上司の顔に戻った岡島さんは言った。

「相談に乗るよ。ああもう家に連れてくなんて下心はないよ、少し酔っていたみたいだ。これは純粋に上司として」

軽やかな口調でそう言うと、私のデスクの上に置いてある企画書をさっと手に取った。

「なるほどねえ」

入社以来、岡島さんにはずっと企画の相談に乗ってもらっている。また上司と部下の関係に戻れるのなら……反射的に私は口を開いた。

「ありきたりなアイデアかもしれませんが、恋活アプリを考えてみようかと。ダイスエンジンは男女のユーザーの比率が同じですし」

「既存の他社アプリとは差別化ができているな」

「ありがとうございます」

岡島さんはふと私のデスクに目を向けると「その本は？」と尋ねる。

彼の目線を追い、顔が熱くなる。そこには『伝え方が一〇〇％！』『プレゼンがうまくいく一〇〇の方法』そんなビジネス書を置いていたから。ここ最近そんな本ばかり読んでいる。

「コンペで、皆の前で話すのが怖いのか？」

「営業なのに人前が苦手なんて情けないですよね」

小さく笑うと、岡島さんは真剣な表情になる。

「問題ないよ、適材適所だから。いつも吉平の企画力はすごいと思ってるし苦手なことは任せてくれたらいい。……今回も頼ってくれたらいいよ。チームとして助けてやれるから」

……どくん。心臓が音を立てる。適材適所。そうだ、いつもそうしてきた。岡島さんはリーダーである前に優秀な営業マンなのだ。ほかの企業とのコンペでも勝てるのは、彼の営業スキルの力が大きい。

私の新規事業案。他社アプリと差別化はできているものの、すでに市場にあるアプリではある。他社に打ち勝つ魅力を伝えきることが私にできるのかな……。

岡島さんは優しい目で微笑んでくれている。

だけど……私の頭に響いたのは美山さんの言葉だった。

『キミにはキミのよさがある』

「ありがとうございます。……でももう少し自分で頑張ってみます。自分らしい方法や伝え方で頑張ってみようと思って……岡島さんに頼ってばかりの自分を卒業してみます」

ぎこちなく笑顔を作ってみると、岡島さんは少しだけ目を見開いた。

「そうか。応援してるよ。なにかあったらなんでも言ってくれ」

私の頭をぽんぽんとなでる。岡島さんは褒めるとき、よくこういったスキンシップを取る。以前はそれがうれしくて胸に温かいものがたまった。

だけど……今日は体が固まって、なぜだかぞわりとする。

「じゃあ俺は帰る。また明日な」

岡島さんは爽やかに手を振り、オフィスから出ていった。

「よし頑張ろう」

岡島さんに自分でやると言ったのだ。しっかりしよう。

私は自分に気合を入れようと頰を小さく叩いてから、パソコンに向きなおった。

一週間後、私は『矢川《やがわ》飲料』の応接室にいた。

「困るよ。そのつもりでこっちは進めてたんだから」

初めて顔を合わせた担当者は私を睨む。大柄な男性から横柄な態度を受けると体がこわばってしまう。

「小久保ちゃんがこれでオッケーって言ってくれたんだから。今日小久保ちゃんは？」

「申し訳ありません。先日お電話でもお伝えした通り、担当が変更になりまして」

担当者は大きく息を吐いた。

新規案件は私に任せてください！と言っていたはずの小久保さんは、数日前からいくつかの営業担当を私に変更してほしいとごねた。彼女は簡単な案件、芸能人が関わるような華やかな案件以外のものについて『難しいものは新人の私よりも、企画を考えた吉平さんが適任だと思うんですよね』と言いはじめた。

彼女の意見に岡島さんも同調した。『実際にクライアントから話を聞くのも企画営業の仕事だからな』と最初からわかりきっていることを言う。

ほとほと呆れたけど、自分の手元に戻ってくるならそれはうれしい。今度こそ頑張ろう！と出向いたところで、早速お叱りを受けているわけだ。

どうやら小久保さんは私が作った企画以上のことを勝手に安請け合いしていたらし

い。新商品をPRするためにネット記事を作るだけのはずが、かなりしっかりしたサイトを作る話になっていた。

口約束で書面もなにも残されていないものだけど、相手はそのつもりですでに動いてしまっていたらしい。

「しかしこれはかなり工数がかかるものでして……こちらを作成するとなるとさらに費用もかかりますし、発売日に間に合わない可能性も出てきてしまいます」

「見た目も頭も固いな、キミ。こういうのって言った言わないになるだろう」

彼は扱っていたノートパソコンを私のほうにくるりと向けた。どうやらメール画面のようだ。

「そうならないためにも。俺は打ち合わせで出た内容はメールで残しているんだ」

小久保さんと彼のメールのやり取りだった。先ほど彼が私に訴えたことをきちんと文面で残しており、それに対して小久保さんも【承知しました！】と肯定している。

……頭が痛い。勝手にこんなことを決めて、しかも私への報告もなかった。

簡単な案件のはずなのに、彼女がここの担当から外れたがった意味も理解した。

「申し訳ございません。こちらできちんと引き継ぎができていなかったようで。一度社で検討し、改めてご連絡させていただきます」

「ったく頼むよ。というか担当、小久保ちゃんに戻してくれる？　もうキミは来なくていいから」

ぴしゃりと彼は言いきり、それ以上私は反論できなかった。まずは事実確認をしなくては。


オフィスに戻ると、小久保さんは岡島さんと打ち合わせスペースでコーヒーを飲みながら談笑中だった。

「おふたりともすみません。矢川飲料の件なのですが」

ふたりのもとに向かい、近くの空いた椅子に腰かけた。重い口を開いて事情を話すと、小久保さんは見るからに落ち込んだ様子で俯いた。報告とともに資料を見つめた岡島さんも困ったようにそれを見る。

「もうやってしまったことを責めても仕方ないだろう」

まるで私を責めるようにこちらを見る。私は責めてなんていない。起きてしまったことを報告・相談しただけだ。

「ごめんなさい……」

小久保さんは目に涙をためながら私に頭を下げる。そんな小久保さんの肩を岡島さんは優しく叩く。まるで私は悪役だ。

「過ぎてしまったことは仕方ないよ。これからのことを考えよう」

ふたりから非難の目を向けられて、ぐっとこらえる。これからの対応を考えようという提案には同意だから。誰が悪い、なんてことを今ここで追及している場合ではない。

「どうしましょう。先方は小久保さんが受けた内容で進めてほしいとおっしゃっていて」

「それが無理なことはわかるだろう」

岡島さんは呆れを含んだ口調で吐き出すと、

「この内容で進めるのであれば、予算は三倍かかる。そもそも凝ったサイトを作っていたら新作のＰＲに間に合わない。発売日に間に合わないなんて本末転倒だろう」

「それはすでに説明しました」

「それなら吉平の伝え方が悪かったんじゃないか」

いつもは穏やかな岡島さんの声が低くなる。

「……すみません」

「もう一度矢川飲料に行ってくれるか？　先方も冷静に考えれば無理だとわかるだろうし、社内で調整しても難しかったと伝えるんだ」

「先方は担当を小久保さんに戻してほしいともおっしゃっていまして」

私の言葉に小久保さんはついに声を出して泣きはじめた。

「む、無理ですよ！　ミスした私を再度指名するなんて……先方がなにを考えているのかわからなくて怖いです」

「小久保には無理だろう。ミスを招いた本人が出向くのはよくないんじゃないか。吉平が引き続き担当をしてくれ」

ミスをした人こそ誠心誠意謝るべきではないだろうか。だけど小久保さんに任せたところで事態がよくなるとは思えない。

「……わかりました。岡島さんも同行いただけないでしょうか」

悔しいけど上の人間や男性を出せばすんなりいくこともある。同行してもらえば……。

「吉平。俺に頼るのを卒業するんだろ？」

岡島さんは微笑んだ。優しい瞳のはずがなぜか笑っていないように見える。じとりと背中に汗が滲む。

「俺たちは今から外に出るから。――小久保、行こうか」

「はい」

「少し時間があるからお茶でもしていこうか。気持ちを切り替えよう。大丈夫か？」

「はいっ！　ありがとうございます……っ」

涙で目を赤くした小久保さんを気遣うように岡島さんは肩を抱いて出ていった。

泣きたいのはこっちだ。だけど心の中で悪態をついたって仕方ない。

私は小さく頬を叩いた。この間からこれは癖になっていて自分を鼓舞できているようでやる気は高まる。

「へえ、キミがやるんだ」

「うわっ」

後ろからのっそりと声が聞こえて驚きの声を上げてしまった。

「美山さんいたんですか」

「ずっと見てたけど」

コーヒーを片手に彼は私の隣の席に座った。

「小久保が悪いし、岡島がリーダーとして責任を取るべき案件だろ。キミが頑張る必要はあるのか？」

相変わらず前髪と眼鏡が邪魔をして、彼の表情は見えない。

「でも元々企画を考えたのは私ですし、今の担当者も私です。いい方向になるように考えてみます」

「いい方向？」

「はい。小久保さんが提案したものは、現実的に考えて予算も納期も無理です。なので代替案を考えてみます。……それを受け入れてもらえるかはわからないですけど、なにも持たずに再度謝罪するよりずっといいはずですから。それに、矢川飲料の新商品、本当にすごく素敵なんですよ。いいPRをしたいんです」

私は矢川飲料の企画案を開いた。どうにか抜け道はあるかもしれない。

美山さんは私のパソコンを覗き込むと「なるほどな」と呟く。ついでに小久保さんが提案してしまった内容も確認している。

「俺がウエディングイベントの企画のときに言ったこと覚えてるか？」

「システムを頼れ、ですか？」

「俺は天才プログラマーだからな。俺を頼ることを前提に考えろ」

ぶっきらぼうな声が優しく聞こえる。私が目を瞬かせると彼は小さく頷いた。岡島さんみたいに優しい声音でもないし、頭をなでてくることもしない。だけど、どうしてこんなに心があたたかくなるのだろう。

変わっていく彼と私

　翌日の午後、私は改めて矢川飲料に向かうことにした。

　天才プログラマーといわれる美山さんの力を借りれば、納期には間に合いそうだ。

　ただ、予算はしっかりいただかなくてはいけない。その予算に見合う魅力的な提案をする自信がある。

　だけど……担当者と話すのは怖い。

『もうキミは来なくていいから』と冷たく放たれた言葉を思い出すと、身がすくむ。

　話術は心もとないから自信もない。

　威圧的な態度を取られてもうまく話せるだろうか。大丈夫、大丈夫だよ。自分に言い聞かせながら自社のビルを出る。

「吉平」

　声をかけられた気がしてきょろきょろと周りを見回す。

　……おかしいな。美山さんの声が聞こえたと思ったのに。

　そう思って再び周りを見回してみるけれど、それらしき人はいない。

気のせいかと思ったが、やはり声は聞こえてくる。

もう一度ぐるりと見回すと、ひとりの男性と目が合った。……私の見間違いでなければ、その人は私に向かって手を上げている。

「吉平！」

間違いなく彼は私を見ている。だけど知らない人だ。

上品なダークグレーのスーツを着こなした、すらりとした長身の男性。

艶やかな黒髪を後ろに流したオールバックで、整えられた眉と涼やかな瞳から意志の強さが読み取れる。少し離れた位置からでもとんでもなく美形なことがわかり、そのスタイルのよさと顔立ちから考えるに俳優かモデルかもしれない。通りすがる女性たちがちらちらと見ている。

戸惑っているうちに、彼はつかつかとこちらに向かって歩いてきた。

「おいシカトすんな」

知らない人のはずだった。だけどこうして隣に来ると〝いつもの〟雰囲気が漂う。

それにこの低い声は。

「……もしかして美山さん？」

私の隣に立った彼は背筋もよく、美山さんとはとても思えない。自信に溢れた瞳で見つめられると緊張してしまう。

「そうだが」

「え……えぇ？」

「矢川飲料に行くんだろ。俺も同行する。クレーム対応は上司がいたほうがいいだろ」

矢川飲料のことが一瞬頭から抜け落ちるほどに、美山さんの変化に驚いてしまった。

ダメだ。今から私は決戦を挑まなくてはならないのである。まずは矢川飲料のことだけを考えなくては。

頭の中に浮かぶハテナをなんとか隅に追いやって、私は美山さんと共に駅に向かって歩きはじめた。

結論から言うと、矢川飲料との打ち合わせはすんなり終わった。

美山さんが私の上司を名乗り謝罪すると、担当者も『わざわざお越しいただいて……』と名刺を見ながら機嫌をよくしたようだ。プログラマーの名刺ではなく、別のものを用意していたらしい。

そして私の代替案も気に入っていただけた。元々の予算より大きく上回ったけれど、それにも納得していただけて、スムーズに打ち合わせは終了したのだ。

「美山さん、ありがとうございました」

「吉平の企画がよかったからな」

「美山さん、営業スキルもすごくて驚きました」

いつもの口調とは異なり、はきはきとしゃべるその姿を見れば、百人中百人が彼のことを仕事ができる営業マンだと思うだろう。

それに今日はいつものジャージも着ていないし、重くるしい前髪もなく、うさんくさい色付き眼鏡だってかけていない。猫背でもない。ぴんと背筋を伸ばして胸を張り、モデルのような外見は人を惹きつけるオーラもある。

「この後仕事ないだろ。このまま食事でも行くか」

「食事ですか」

「社になにか置いてきたか？」

「いえ、直帰するつもりでした」

「ならいいだろ。俺の気に入ってる店があるから行こうか」

美山さんはそう言うと、私の返事を待たずにタクシーを止めた。見た目は違ってもマイペースさは変わりなかった。

私たちを乗せたタクシーは有名なホテルの前に到着した。居酒屋にでも行くのかと思っていたから戸惑っていると、タクシーから降りた美山さんは私をじっと見る。

「ビジネススーツでもいいが……そうだな」と呟き、ロビーから出てきたインフォメーションスタッフになにやら告げる。美山さんが声をかけたスタッフは私のもとにやって来ると、「こちらです」と案内を始めようとする。

「え？　美山さんは？」

どうやらスタッフが誘導しているのは私だけで、美山さんはひらひらと手を振るだけだ。戸惑いながらも案内されたのはホテル内にあるブティックで、何着も体に合わせられて、そのうちの一着に袖を通した。その場でヘアメイクもされて――。

そうしてすべてができ上がった頃。迎えにきた美山さんは私を見て、満足げに頷いている。

「あの、なにがどうなっているんでしょうか」

「食事をしにきた」

「そうですよね？　この服は？」

「ここはドレスコードがあるからな。スーツなら一応問題はないが、そっちのほうが似合うだろ」

そう言われてやたら肌触りのいい水色のワンピースを見やる。繊細なレースが美しい清楚《せいそ》なロングワンピースだ。

「お似合いですよ」

にこにこと微笑む店員さんが全身鏡のもとに案内してくれたが……自分で言うのもなんだけど、私によく似合っていた。それはふんわりと編み込まれた髪型や、いつもとは異なる丁寧なメイクのおかげだけど。それでもあつらえたようにしっくりなじんでいる。

「レストランについているレンタルサービスなんですか？」

「いや？　もうすべてキミのものだ」

「ええっ、困ります。私そんなお金ないですよ！」

値札のついていないワンピースはとても素敵なものだけど、恐ろしい桁数な気がして青ざめる。

「支払いは済ませてあるから問題ない。そろそろ予約の時間だから行くぞ」

有無を言わせず、美山さんは私の手をつないだ。

「食事もここで……？」

「あたり前だろ」

高級な場所で食事をしたことなどないから、ここの料金の相場はわからない。だけど確実にお高いのはわかる。ドレスコードがあるくらいなのだから。

「どういうことですか？　今日の案件がうまくまとまった記念……なわけないですよね」

「特別な理由がないとダメか？」

「ダメですよ！　だから戸惑っているんです。私、仕事帰りに食事って、どこか居酒屋とかカフェとかそういう気軽なお店だと思っていたので、そのつもりで」

「俺にとってはここはなじみの居酒屋みたいなもんだ。俺が食べたい店に来ただけだからキミはなにも心配するな」

美山さんは、じつはどこぞの御曹司かなにかなのだろうか。戸惑っている私を見て美山さんは楽しそうに笑った。

「でも記念日にするのもいいな。付き合った記念日にするか」

「誰の記念日ですか」

「俺とキミの」

冗談なのか冗談じゃないのかわからない口調で言ってエレベーターに乗り込む。

ふたりきりになると美山さんはつないだ手を引き寄せた。軽く抱き留められる形になり、彼の匂いが鼻孔をくすぐり体が熱くなる。

「それで返事は？」

「へ、返事って」

「俺と付き合う？」

「と、突然ですね⁉」

「そうか？　キミは俺のことが好きだと思ってたけど」

いつもは髪の毛に隠されていた瞳が、真っすぐ私を見つめる。美山さんの瞳ってこんなに澄んでいたんだ。……じゃなくって。

「すごい自信ですね」

その眼差しの熱さに、真っすぐさに気圧《けお》されて、私は目を逸らすけれど。彼はがっちりと私の肩を抱いている。彼の胸板に軽く押しつけられ、その温度に悲鳴を上げそうになる。

ど、どうしよう……。

どくどくと心臓が脈打つけど、これは嫌な感じじゃない。

だって美山さんに惹かれはじめていたのは事実だ。もう恋愛で傷つきたくなくて、その気持ちに気づかないようにはしていたけど。

だけど、こんな急に問われるとは思っていなかった。

「もしかしてキミはいつもの俺が好きか？」

「いつもの？」

「眼鏡でジャージを着てる俺」

そう言われて、いつもの美山さんの姿を思い出す。どっちが好きなのか、どういう意味で聞いているのだろう。今日の見た目は別人だけれど、いつもの美山さんと一緒にいる感覚に変わりはない。私にとってはどっちも同じ美山さんなのだ。

「ああ……たしかに今日はいつもと雰囲気が違いますね。ジャージかスーツか、どちらかというと、うーん、比べるのは難しいです」

「そうか」

「それにしても、今日出がけに声をかけられたときは一瞬別人かと思いました。もしかして初めから同行してくださるつもりだったのですか」

「それはそうだが……はは」

美山さんは無邪気な少年のような笑顔を見せた。

「キミはどちらでもいいのか、まさか」

「いえ、営業に行く日はそりゃもちろん、今日の恰好がいいと思いますよ」

「はは、あはは」

おかしそうに美山さんは笑い続けるから、私は焦って言葉を続ける。

「内勤の日はどっちだっていいと思いますよ！　別にどんな格好でも仕事の出来は関係ないと思いますし」

「そういう問題じゃなかったんだが……でもよくわかった。菜月はどっちの俺も好きってことだな」

初めて名前で呼ばれて、温かい眼差しを向けられる。視線も声もひどく優しくて、胸の鼓動が速くなってしまう。

「好きとは言ってないですよ。どちらでも問題ないというだけです」

あまりに突然のことで、自分の気持ちも整理できていない私は、無難にやり過ごすのが精いっぱいだ。

「わかったわかった」

だけどきっと表情でバレバレなのだ、私の気持ちは。

最上階に到着してエレベーターを降りると、美山さんが私に腕を差し出した。

本当にこの腕を取ってもいいのだろうかと一瞬悩む。だけど無事に矢川飲料との交渉に成功したのだ。厚意に甘えて少しだけシンデレラ気分を味わうのもいいかもしれない。素直に腕を取って、レストランに向かった。

レストランは想像していたよりもずっと高級で、見た目も味も繊細なフルコース料理が次々とテーブルに並んだ。聞きなれない食材の鮮やかな料理に戸惑っている私とは反対に、美山さんはスマートにワインを楽しみ優雅に食事をしていた。

付き合った記念日だとか言うし、食事の場所はホテルだったし、このあとどうなるのだろうとガチガチに意識していたのだけど。美山さんはいつも通りの軽い調子で食事を終えると、そのまま私はタクシーに乗せられて見送られ、気がついたときにはもう自宅にいた。

「なんだか現実味がなかったな……」

水色のワンピースを脱げば、魔法がとけたシンデレラみたいだ。ずっと非現実的で。こうして家に戻ればすべてが夢だったみたい。

美山さんはいったい私のことをどう思っているんだろう。

『キミは俺のことを好きだと思っていたけど』

それは私の気持ちであって、彼はどうなんだろう。『付き合う？』だなんてさらりと言われたけど！　それが本気なのか、からかわれたのか、わからなかった。

明日会うのが少し怖いな。私は何度も寝返りを打ち、なかなか眠ることができなかった。

翌日、オフィスに入ろうとして——。

なんだか私の席あたりに人が集まっている。……それも女性ばかり。なにかあったのだろうかと遠目に見ていると、「おはよ」と声をかけられた。

「有希。おはよう」

「大変なことになってるわよ」

「すごい人だよね。なにかあったの？」

「美山さんどうしたの？　知ってた？」

もしかして、と思って人だかりのほうを覗き込むと、やっぱりそこには美山さんモデルバージョンがいた。

「そろそろ始業ですよ。席に戻ってください」

そして美山さんの隣に寄り添い、明るい声で女性社員を追い払っているのは小久保さんだった。

「えー、小久保さんとそういう感じなの？」

「あの子積極的だよねぇ」

近くにいた女性社員たちがふたりを見ながらうらやましそうな声を上げる。

小久保さんは今日もファッション雑誌から飛び出してきたようなコーディネートで、モデルのような出《い》で立ちの美山さんとは……お似合いなんだろう。

昨日は素敵なワンピースが自信をくれたけど。今日はいつも通りの地味なスーツ。気持ちが萎《しぼ》んで自席に向かうことができない。

「だけど小久保さんって岡島さんと付き合ってなかった？」

「しっ！……吉平さんいるよ」

彼女たちと目が合った。その目には同情が浮かんでいて、気を使われたのだとわかる。そして同時に心臓がぴりっと痛くなる。もし美山さんも小久保さんのことを好きになったら……。

今まで小久保さんが美山さんと話すことはほとんどなかった。業務上の話か、もしくは私と揃っているときに『お似合いですね』と笑われるくらいで。ほかの女性社員を追い払った小久保さんは、美山さんに笑顔を向けてなにやら話しかけている。

こうして小久保さんとの距離が縮まってしまったら……。

華やかで人あたりのよい彼女に話しかけられたら、誰だってうれしいに決まっている。

それならジャージ姿でいてくれたらよかったのに。そんな嫉妬じみた感情がちらりと燃え、私は彼への恋心に気づいたのだった。

お昼休みはいつも自分の席でお弁当を食べる。その隣で美山さんがコンビニのおにぎりやサンドイッチを食べる。それが私たちの日常だった。今日はほかの部署からも噂を聞きつけた女性社員たちが現れ、美山さんを取り囲んで、お昼を一緒に食べないかと熱心に誘っているらしい。

美山さんはいつも通りの仏頂面でパソコンを見つめていて、誰にも目を向けない。きっと朝もこうだったのだろう。見た目が変わったからといって、中身は変わらない。いつも通りの素っ気なさに密《ひそ》かに安堵する。

お弁当の入った保冷バッグを取り出したところで、私たちの前の席の小久保さんが立ち上がった。

「それじゃあ美山さん、ランチに行きましょうか」

まるで元々約束していたか、毎日一緒にランチに行く仲のごとく声をかけたのだ。先約があるなら仕方ないと、集まっていた女性社員たちはこの場の誘いは諦めたようだ。

「次の機会に行きましょう」

「来週はいつでも空いてますから」

「あとでメール送ってもいいですか」

次の約束を取りつけようとする女性社員を美山さんは無視して、パソコンに視線を向けたままだ。

小久保さんは場の空気をつくるのがうまい。自然とふたりがランチに行く流れができている。

ふたりがランチに向かう姿を見たくないなと思っていると、隣の美山さんが立ち上がった。

「それじゃ行きましょうか」

立ち上がった美山さんを見て小久保さんはほかの女性社員に勝ち誇ったような笑みを向ける。だけど――。

「行くぞ」

その声と同時に、美山さんが私の腕を掴んで引き上げた。

「え」

私の呟きと、周りの女性社員の呟きがハモる。……美山さんは私のことも誘ってくれているのか。

「吉平さんはお弁当持ってるみたいですよー？」

私が胸に抱いている保冷バッグを目ざとく見つけた小久保さんは、笑顔を私に向ける。空気を読んでね、と言われてるみたいだ。

「今日は私たちだけで行きましょうか。また明日、吉平さんも行きましょ」

小久保さんの明るい声を無視するように、美山さんは私の抱えている保冷バッグを取り上げた。

「これは俺に作ってきた弁当だ」

「な、なんで美山さんに……」

「彼女が彼氏にお弁当を作る、別に普通じゃないか？」

美山さんのとぼけた声にどよめきが起き、女性たちの視線が突き刺さる。美山さんにお弁当を作った覚えはもちろんない。だけどそれについて言及する間も与えずに、美山さんは私の手を取ってずんずんと歩きだした。

彼は会議室のひとつに入ると、内から鍵を閉める。

「よかったんですか？」

「彼女と行けばよかったか?」

「……行かないではほしかったです」

こうして私と一緒にいてくれてうれしい。だけど彼女たちの目つきを思い出すと、落ち着かない気持ちになる。私は美山さんとつり合わない。どう思われたのかが気になってしまう。

「じゃあいいだろ」

そう言って椅子にどっかりと座ると、隣の椅子を引き私を誘う。促されるままに座ると、美山さんは机の上に私のお弁当とコンビニの袋を並べた。中に入っているのは、彼がいつも食べている鮭おにぎりとたまごサンドイッチだ。

「今日は交換するのはどうだ?」

「たいしたものは入ってないですけど、それでもよければ」

「開けてもいいか?」

私が頷くと、美山さんは無邪気な顔をしてお弁当の蓋を開けた。

「生姜焼きだ。久しぶりだなあ。……食べてもいいか?」

「どうぞ」

うれしそうな彼の姿に頬が緩む。よかった、今日は残りものを詰めただけのお弁当こみ上げる。

美山さんは生姜焼きを口に入れて目を細めた。ホッとすると同時に気恥ずかしさも

「うん、うまい」

じゃなくて。

「それじゃあ私もいただきます」

「手料理なんていつぶりだろうな」

美山さんの食生活がまったく想像できない。ジャージ姿の美山さんは食に無頓着そうで、毎日鮭おにぎりとたまごサンドイッチしか食べていなかったし。モデルバージョンの美山さんは高級ホテルのレストランを、行きつけの居酒屋みたいなものだと言っていた。

「卵焼きもうまい」

「私はしょっぱい派ですけど大丈夫でしたか?」

「うん、うまい」

ラグジュアリーな出で立ちの彼が、少年のように食べている。

……かわいい。

「今日もどこかクライアントのところに行くんですか?」

「行くわけないだろ、俺は営業じゃないんだから」

昨日とは異なるネイビーのスーツを着こなし、髪型もすっきりとまとめている。まじまじと見つめる私に、美山さんはお箸を止めてこちらを見た。

「気軽に女が寄ってくるとうっとうしいから、あの格好をしてた」

「もう寄ってきてもいいんですか？」

「彼女ができれば問題ないだろ。きっぱり断る理由ができる」

美山さんは微笑みながら私を見つめた。瞳を直接見ると、緊張してしまう。

「彼女って」

「もちろん菜月のことだけど」

「……そうなんですか？」

「ひどいな。昨日のことを忘れた？」

「覚えてはいます」

戸惑う私が座っている椅子を、美山さんは自分のほうに引き寄せた。私は椅子ごと彼の両足の間にすっぽりと収まってしまう。

「あ、あの……」

「伝わらなかったなら証明しておこうかと思って」

「だ、大丈夫です。伝わりました」

「それで？　俺の彼女で問題ないか？」

見上げるといたずらっぽく微笑んだ美山さんの顔が目の前にあった。……抗えない。

私が小さく頷くとそのまま腕が回される。

「業務中ですよ」

「休憩時間だ」

「会社の中なので」

とんとんと胸を軽く叩くと、すんなりと体は解放された。自分からダメだと言ったのに、離れた熱を寂しく思ってしまう。

「会社以外ならいいんだな？」

「揚げ足を取らないでください」

「言質を取っただけだ。それで？」

恥ずかしくて顔を見ることができない。だけど熱い瞳がこちらを見ているのがわかる。私は目を逸らしたまま頷いた。

「許可はもらった。毎日勤務後が楽しみだな」

楽しそうな声が聞こえてきて、彼を見上げれば口角を上げている。その表情を見るだけで顔が熱くなり、返事にも困ってしまう。

「冗談だ。菜月が今コンペに向けて頑張っていることは知っている。だからコンペが終わったら、俺のための時間をつくってくれ」

穏やかな言葉に涙が出てしまいそうになる。私が毎日頑張っていることを美山さんは隣の席で見守ってくれている。

「その代わり、コンペが終わったら覚悟しておいて」

しっかり言質を取った美山さんは満足気な表情を浮かべた。


私が彼女だと宣言してからも、何度か女性社員に話しかけられていた美山さん。業務に関係ないことであればすべて無視するか、「うるさい」と低い声で追い払ううちに、誰も彼に寄りつかなくなった。

美山さんは彼女ができれば断る理由がはっきりするから、と言っていたけど。ここまではっきりと言動に出せるのであれば、理由などなくてもよかったんじゃないだろうか。

恋人になった私たちだけど大きな進展はない。新規事業コンペの準備に追われている私を美山さんが気遣ってくれているからだ。私はコンペの準備で退社時間が遅く、彼もやることがあるからと言ってすぐに帰宅する。

　今までの私たちと変わったことは、お昼をふたりで食べることだ。あの日美山さんが喜んで食べてくれたことがうれしくて、私は毎朝張りきってお弁当を作って持っていった。最初は美山さんも喜んでくれたけど、数日経って美山さんからお弁当禁止令が出た。

「ただでさえ勤務時間が長いんだ。朝は少しでもゆっくりしてほしい」

　そう言って翌日はランチに連れ出してくれた。一日中会社にいるよりもランチで気持ちをリフレッシュしたほうが、午後からの効率もいい。それにお昼に外に出るときはさりげなく手をつないでくれる。『会社じゃないからいいだろ』とのことだ。たった五分だけの道でも触れる体温がうれしかった。

　どうしても仕事がたまってランチに出る時間がないときも、おいしいと評判のカフェでオシャレなランチボックスを買ってきてくれた。今まで自分の分のお昼には無頓着で、毎日鮭おにぎりとたまごサンドイッチだけだったのに。

　私がお昼にきちんと休み食事を取っているか、見守っているのかのようだ。温かな眼差しを受けながらの食事は少し気恥ずかしい。

「ありがとうございます、おいしいです」

ひと口食べるごとに、彼の細やかな優しさが心を満たしていった。

定時を過ぎ、ひとりふたりと帰宅していく。うちの社はわりとホワイトだから残業をする人は少ない。私が帰らないのも残業ではなく、コンペの準備だ。

「今日も残るのか？」

今から帰宅するのであろう、かばんを手に持った美山さんが私に尋ねる。

「最終の大詰めです！　あと数日ですしね」

「そうか。あと数日経てば時間ができるんだな」

「え、ええ。まあそうですね」

すると美山さんは私の近くまでやって来て耳元に口を寄せると、「もうすぐ俺が菜月を独占できる日がくるな」と囁くから、耳から真っ赤になってしまう。見上げると、口角を上げて楽しそうにしている。

反応を見ておもしろがって……！

「ダメか？」

「……いいですよ」

私だって、せっかく付き合えたのに、なかなかふたりきりになれないのはもどかしいと思っていたのだ。

「体に気をつけろよ」

「ありがとうございます」

だけどこうして言葉を交わすだけでもくすぐったいな。そう思っていると。

「美山さん、少し相談してもいいでしょうか」

小久保さんが前の席から顔を出した。眉を下げなにやら深刻な表情をしている。

「仕事のことで少し相談があるんです」

「なんだ。ゴルドシステムの件か?」

「いえ……」

小久保さんは私たちのもとまでやって来ると、声をひそめて美山さんの耳元で囁いた。

「ここでは言えないことなんです」

小さな声は私のもとまで届く。

「リーダーに相談したらどうだ」

美山さんは岡島さんの席をちらりと見た。今日は終日外出でまだ戻ってきていない。

小久保さんは悲痛な面持ちになる。

「岡島さんにはとても言えないことなんです。その……岡島さんのことなので」

「なるほど」

「ここでは話しにくいことなので移動してもいいですか？」

美山さんは断るだろうと思っていた。だけど――。

「わかった。場所を変えよう」

あっさりと美山さんは承諾し、どこか真剣な面持ちだ。

「ちょうど仕事も終わりましたし、食事でもしながらどうですか」

「そうだな」

美山さんが承諾するはずないと思っていた、いつも女性社員をあしらっている彼が。

キーボードを打ち込んでいた手が止まる。顔を上げると小久保さんと目が合った。

「吉平さん、ごめんなさいね。だけど本当に仕事のことなので、心配しないでくださいねえ」

彼女は薄らと微笑んでみせる。そのままふたりは連れ立ってオフィスの外に出ていった。

……どうして。どうしよう。美山さんが小久保さんのことを好きになってしまったら。それにどうして美山さんも断らないの？

相談を口実にしてふたりきりになりたいだけじゃないの？　……嫌だな。嫉妬と恐怖が溢れてしまう。恋愛に振り回されたくないのに。

私は小さく頬を叩く。

いつもの儀式だ。優先順位を考えろ、今はコンペの準備に集中しよう……！

ついに新規事業コンペの日。午後から近くのホールを貸し切り、全社員の前で発表するという社をあげての大イベントが開催される。

社長が決定するものとは別に社員投票賞もあるから余計に緊張してしまう。これまで参加者と企画内容は伏せられていて、今日初めて発表される。企画の発表はこの一回のみで、その場で投票が行われ決められる。企画の良し悪しはもちろんだが、プレゼン力も大いに関係してくる。

午前中はどこか空いている会議室で声を出して練習をしよう。

「わ……」

廊下に出たところでぶつかったのは、美山さんだった。

「おはようございます」

今日もモデルのような着こなしをしている美山さんは、私をじろりと見ると、

「今日はコンペだろ」

「今から最終練習をしようと思ってて」

「必要ない」

美山さんは私の手を掴むと歩きはじめる。エレベーターのほうに向かって。

「どこに行くんですか？」

美山さんはエレベーターの中に入ると、私の顎にそっと手を添えた。彼の端整な顔立ちが間近に迫って、体の温度が一気に上がる。

「美山さん……！」

大事なコンペの前に気持ちをかき乱されたくない。私は顔を背けようとするけど、無理やり上を向かされる。もう逃げられないと観念して目を閉じた。

「なにを勘違いしてる」

「え？」

「ひどい顔だ、クマも濃い。げっそりしてるな」

「緊張しすぎてるみたいで」

「寝てないんだろ」

「そ、うですね」

エレベーターが開く寸前に体が離れたかと思うと、再度手を掴まれてそのまま会社の外まで出た。美山さんはタクシーを拾い私を放り込む。

「どこに行くんですか⁉」

「キミが言ったんだろ。営業は見た目も重要だって」

「営業に行くなら、ジャージ姿の美山さんよりスーツ姿のほうがいいって話で――」

「同じだろ。今日の自分の姿をしっかり鏡で見たか？」

その言葉になにも言い返せない。プレゼン練習や内容をブラッシュアップするのに必死でここ数日ほとんど眠れていない。ひどいクマを隠せてもいないし、いつもの地味なスーツのまま。

「企画は最高だ。自信を持て。自信を持てないのならはったりをかませ」

美山さんの声は低いけど、優しい。朝からずっと固まっていた体が少しほぐれる。

「今必要なのは練習じゃない。自信を持つことだ。――『グランツインホテル』まで」

美山さんはタクシーの運転手にそう告げると、自分はタクシーに乗り込むことはなく手を振る。

「美山さんは？」

「俺もコンペに出るからな。菜月にかまっている時間はないんだ。――よろしく頼む」

本当にいつだって強引で……優しい。私は先日食事をしたホテルまで運ばれていった。

「吉平様ですね、伺っております」

タクシーが到着しエントランスで迎えてくれたのは、先日のブティックのスタッフだった。彼女は私を店に連れていくと、いくつかのスーツを私の体に合わせる。どれもひと目でわかるほど上質なものだ。彼女が選ぶものはどれもアイボリーや明るいベージュで、私が一着も持っていない色だ。

「私には似合わないと思います」

そう言いながら試着室に入り、彼女が選んでくれたアイボリーのスーツに袖を通す。いつものネイビーのスーツから雰囲気がガラリと変わり、明るくなった。そのぶん、顔色の悪さが際立ってしまう気がした。

「吉平様はお肌が大変白いので、お顔に色をのせるだけで、さらに明るい雰囲気になると思いますよ。今日は私に任せてください」

着替えが済んだら化粧台に案内され、腰かけた。普段選ばないような明るい色が顔にのせられていき、きっちりとまとめていた髪の毛はふんわりと巻かれる。

「魔法みたいですね」

「ふふ、ありがとうございます。勇気と自信が出るおまじないを、と承っております」

あの美山さんがそんなかわいいおまじないをかけようとしてくれていたなんて……頬が緩む。

次に彼女は小さな包みを渡してくれた。促されて開けてみると一本の口紅だ。

「お守り代わりになにかお渡しするように言われていました。持ち運べて勇気が出るもの、ということでしたので口紅をセレクトしました。口紅はどうしても落ちてしまいますから、塗り直してみてください。気合が入ると思います」

明るいコーラルの口紅を受け取ってお礼を言うと、ホテルを後にしてタクシーでコンペ会場に向かった。


いつも下ばかり向いていた。だけど、大丈夫。自分の頑張りは自分が一番よく知っている。

今から叶えることは魔法のおかげじゃない。自分を信じよう。

ホールに入ると少しだけ足がすくんでしまう。支社の人たちはリモートで全国から見守り、本社にいる千人はこの会場にいる。こんなにたくさんの目を向けられることはない。

私の発表順は十五番目なので、最初は客席でプレゼンを見ることにした。ほかの人の発表も勉強になるはずだ。

会場内の照明が暗くなりブーッとブザーの音が響き、コンペの始まりを告げる。眩《まぶ》しいライトに照らされたステージが見える。あの場で発表すると思うと怖い。だけど大丈夫。自分を信じなくちゃ。私はポケットの中に入っている口紅をそっと握る。

いくつかの発表が終わった。どこも企画の中身だけでなくプレゼンもうまい。さらに緊張が募るけど、自分の企画を思い浮かべて、これまで発表されたものと比べてみる――悪くないはずだ。

……あと五組で私の番だからそろそろ控室に移動しよう。そう思って腰を浮かせた。

「十番目は……ＰＲ事業部の岡島さんと小久保さんです」

司会進行の人の声が大きく聞こえて、私はステージに目を戻す。

これまで別の事業部の人の発表ばかりだったので、企画内容だけに注目していた。けれど、よく知っている人たちの発表となると、少し見方が変わってくる。

ふたりはどんな発表をするのだろう。私は席に座りなおした。

岡島さんがマイクを取り、小久保さんがノートパソコンを操作するとスクリーンに資料が表示された。

『ダイスラブ　～恋活アプリ～　PR事業部　岡島・小久保』

スクリーンに浮かんだ文字に体の温度が低くなる。まさか。

「PR事業部の岡島です。よろしくお願いします」

体にフィットしたネイビーのスーツをスタイリッシュに着こなした岡島さんは、爽やかな笑みを浮かべてしゃべりはじめた。

「みなさんはダイスエンジンの強みってなんだと思いますか？　早速ですがクイズをさせてくださいね。三択ですよ。一、ユーザーの幅広さ。二、優秀なプログラマーが多数在籍していること。三、優秀なPRチーム、つまり僕たちがいること」

会場からくすくすと笑いが漏れる。

「では手を挙げてくださいね、一だと思う人！　多いですねえ。二だと思う人。これもまた多い。プログラマー陣がピンと手を挙げていますね。それじゃあ三の人。少ないなあ！」

ただ説明するだけでなく、聞いている会場の皆を巻き込んでいく。何組か続けて聞いていたことで眠たそうにしていた隣の席の男性も、楽しそうにステージを見ている。

「では正解発表です。正解は全部です！　あはは、ずるいと思ったでしょう。でもこのすべての強みを生かしたのが、今回ご提案するサービスなんです」

掴みは抜群だった。さすが岡島さんだ。軽快で人を引きつける彼のトークには、いつだって助けられてきた。それは私が彼と同じ側にいたから。でも残念ながら今は違う。

岡島さんは掴みのトークを終え、小久保さんに目線を送る。彼女が操作するとスクリーンに資料が映し出された。

その内容を見て確信する。……完全に盗まれた。ほとんど私の資料をそのまま使っている。

このまま発表されてしまえば、この数週間の私の努力が消えてしまう……！

会場の雰囲気は完全に岡島さんのものだ。この空気の中でどうすればいいのだろうか。

……ふたりは私を見下している。私が反論できずに泣き寝入りするタイプだとわかっているから。

悔しい。悔しい……！　唇をかみしめるとほんのりとローズの味がした。

……そうだ、勇気をもらったんだ。負けたくない。

資料は三枚目に移り——これは私の古い資料だと気づく。結論に落とし込むには、重要な要素がいくつか足りない状態だ。ここから私は何度もブラッシュアップした。大丈夫、この企画を考えたのは私だ……！

私はポケットから手早く口紅を取り出すと、薄く塗った。美山さん、おまじない受け取りました！

「ちょっと待ってください！」

私は立ち上がり、大きな声を出した。こんな声出したことがない。喉が痛くて、指先が震える。

水を打ったようにシン、と会場が静まり返った。隣の男性がひどく驚いたようにこちらを見上げているのもわかる。

「間違いがあります！」

岡島さんと目が合った。遠くからでも彼の爽やかな笑みが硬直し、私を睨むのがわかった。だけどそれは一瞬のこと。

「……はは、言葉を言い間違えてしまったね。ありがとう、吉平。——すみません。優しい部下が指摘してくれた通り、『女性ユーザー』とするべきところを『男性ユーザー』と言ってしまいました。責任感のある部下を持って助かります。だけどそんな大きな声を出さないように。ちょっと張りきりすぎだな」

張りつめた空気が緩んで、笑いが漏れる。必死に叫んだ言葉は、笑いに変えられてしまった。

「そんな小さな言い間違いであんな声を出さなくてもね」

……違う、言い間違いなんかどうでもいい。それよりも重要な部分が抜けているの！　――そう言いたいのに、場の空気にのまれて、ためらってしまう。

失笑交じりの声が聞こえてきて、勇気がみるみるうちに萎んでいく。やり返されると思っていなかった。頭が真っ白になってその場に突っ立ってしまう。

「ありがとうございます。着席してもらえますか？　後ろの人がステージ、見えませんよ」

小久保さんの明るい笑い声が会場にやけに響く。後ろの席から咳払いが聞こえて笑いが広がっていく。

――突然ステージの照明が消えた。スクリーンも真っ黒になり、何も映さない。

「えーすみません。ステージの電気が使えなくなってまったみたいですね。……時間もないので発表を続けてもらえますか。お、スポットライトは使えるみたいですね」

舞台袖からのんびりとした低い声がする。――美山さんの声だ。

「なんだって。スクリーンが使えないと困りますよ、資料がないと皆さんに伝えられませんから」

スポットライトをあてられた岡島さんの余裕の表情が崩れ、怪訝な顔に変わる。

「伝えられます！」

私はもう一度声を張り上げた。さっき予想以上に大声を出してしまったから少し声がかすれている。だけど気にしない。変なやつだと思われてもいい。私は会釈しながら座っている人の前を横切って通路に出ると、ステージに向かっていく。

「その企画、間違っています！　この企画の一番大切な部分が抜けていますから！」

スポットライトが私に向けられる。眩しいライトで前が見づらい。だけど私はステージに歩んでいった。

舞台袖にはやっぱり美山さんがいて、私にマイクを渡してくれた。真剣なその表情が私に勇気をくれる。

「――この企画は私が考えたものです。ですから資料がなくても私なら説明ができます」

一から必死に考えた企画だ。関連資料を調べてそれを自分でデータ化したのだから、資料を見なくても頭に入っている。

何度も練習した言葉たちが、出番を待つように私の体の中にいる。ちゃんと伝わるはずだ。

もう私を笑う声は聞こえなかった。静まり返った会場で私は説明を始めた。

大丈夫、うまくやれている。ピンと背筋を伸ばして、真っすぐ伝わるように。笑いが取れるような楽しいトークはできない。だけど、真面目に向き合ってきたんだ。私なりの方法で、伝えるんだ。

「電気が復旧したようですね。資料をスクリーンに映してもいいですか？」

いつの間にか小久保さんの隣にやって来た美山さんがパソコンを操作する。

「十番目でなく十五番目の資料を開いてもらってもいいですか？　私が発表する予定の資料が入っていますから」

「吉平……！」

隣にいた岡島さんが目をつり上げて私を睨む。私はそれを無視してスクリーンに目を向けた。

『～恋活アプリ～　ＰＲ事業部　吉平』

タイトル画面が映し出されて、会場にどよめきが起きた。雑音はもう耳に入らなかった――。

すべての発表が終わり、静かに結果を待っていた。発表のあとから周りの視線を感じるけど気にしない。

やるべきことはやった、それでいい。

そのとき、ステージに司会者が現れた。……今から結果が発表されるのだ。私は大きく息を吐いた。

「みなさん大変お待たせしました。結果は社長から発表いたします!」

司会の声と同時にひとりの男性が壇上に上がる。背が高く、堂々としている彼――美山さんは客席を見渡してから口を開いた。

「ダイスエンジンの皆さん、はじめまして。代表の深山大也です」

私から「え?」と間が抜けた声が出るが、それは皆そうだったらしい。今日一番のざわめきが広がっていく。

混乱する社員をよそに、美山さん――いや深山社長は優雅に一礼する。

「どの企画も大変興味深いものでした。その中で今すぐにでも取りかかりたいと思ったのは、三番」

心の準備をする間もなくコンペの優勝者が発表されていた。自分が選ばれるんじゃないかと期待していただけに全身から力が抜けていく。

「すぐに事業部をつくること、彼の事業部長の就任をこの場で発表します」

壇上に上がった優勝者に大きな拍手が送られる。悔しいけどたしかにとても素晴らしい企画だった。私も心からの拍手を送る。

「ほかの案もどれも素晴らしく事業化に向けて検討はしたい。ただ三番以外は、企画のインパクトが弱かったり見通しが甘いものが多かった。しかしもったいない。そこで今日出た案をさらにブラッシュアップして事業化を目指す部をつくろうと思う。わが社の新しい柱をつくっていく部署だ。——そこで次の発表をする。社員投票賞だ」

彼はそう言うと白い封筒を取り出した。

「ここに本日最も投票の多かった者の名前がある。企画力、プレゼン力、共に優れた者に投票してもらった。そして本日発表してくれた参加者は皆、第一回目となるこのコンペに恐れずに挑戦してくれた。そういう人に新しい部署を任せたい」

深山社長は封を丁寧に切ると、中から紙を取り出した。

「社員投票賞は——吉平菜月さん」

「……っ！」

大きな歓声と拍手が沸き上がる。せっかくおまじないの化粧をしてもらったのに、涙が溢れる。だけど小さな魔法が解けても、私はここにいる。私を認めてもらえたんだ。

「ふたりにはこれからのダイスエンジンの大きな柱を任せた。そしてもうひとつ。大切な話がある」

深山社長が舞台袖に目配せすると、スクリーンに写真が映し出された。その写真はすでに懐かしさすら感じるジャージ姿の美山さんだ。

「この男に見覚えはあるか？」

会場に再度ざわめきが訪れる。

「うちの部に半年前にいた人だよね」

「一年前にはうちにいたかも」

そんな声が聞き取れる。

「今まで皆の前に姿を出さずすまなかった。会社が急成長し、数年前からすべての社員に目が届かなくなり、正当な評価ができなくなっていた。だから各部署に入って皆の様子を見させてもらっていた」

深山社長はほんの少しいたずらっぽい表情を見せた。

「実際に私がこの目で見て評価をしなおした。このあと、各部署に通達を行う。正当な評価を受け取ってくれ。――そして誰かの功績を自分のものにした者、パワハラやセクハラをした者、怠慢な者。そちらも厳しく評価させてもらった」

会場のざわめきがますます大きくなる。皆自分の言動を思い返しているのだろう。どこからか「終わりだ」という呟きも聞こえる。

壇上にいるあの人は、誰なのだろう。私が好きな美山さんは？　動揺が広がる会場で私はひとりそんなことを考えていた。

これからの未来

社は大きく変わった。

社長は二年ほどかけて各部署を洗い出し、大幅な人事異動をできるように経営陣と話し合っていたらしい。我が部署も昇進した人、降格した人に分かれた。

岡島さんも降格対象者のひとりだった。コンペ翌日、PR事業部長は会議を開き、岡島さんはその場で降格を言い渡された。

「キミの企画として提出されたものは、ほとんど吉平が作ったものだったみたいだな」

部長は皆の前ではっきりと言いきった。岡島さんはいつものように笑顔を見せた。

「たしかに彼女が企画立案したものは多いです。ですがチームとして――」

「しかし私のもとに上がってきた報告に彼女の名前はなかった」

初めて知った事実に私も目を瞬かせる。適材適所、チームで勝とうと話していたことはすべて岡島さんの手柄になっていたらしい。彼がここ数年で昇格したのは、私の企画がすべて彼の成果となっていたからだ。

「それは誤解ですよ。企画の段階から僕も携わって……」

汗を浮かべながら否定する岡島さんに「新規事業案まで盗《と》ってたしね」と、小さな囁きが誰かからこぼれた。先日までなら皆、野暮ったい私とスマートな彼を比べて、彼を信じたかもしれなかった。

もう誰にも信用されていないことに気づいた岡島さんは顔を青くすると、会議室から走り去っていった。その場に残された小久保さんも皆からの視線を浴びて小さくなって俯いている。

「岡島さん、セクハラも問題みたいだよ」

「え、本当？」

「社長に小久保さんが相談してたみたい、つきまとわれてて助けてくださいって」

「えー？　でもどう考えても小久保が岡島さんにまとわりついてたじゃん」

「相談女の手口でしょ、それを口実に社長としゃべりたかっただけよ」

「それがまさか彼氏の首を絞めるなんてね」

小久保さんの噂がざわざわと広がり、事業部長は続けて小久保さんの処分を言い渡した。小久保さんは試用期間だったこともあり、正規採用しないと決まった。

人を陥れようとしていたことが暴露されたふたりは、正式な退社日を待たず逃げるように会社を去っていった。彼らはお互いを責め合って破局したらしい。

そして、コンペの日から美山さんはPR事業部に姿を見せていない。

それもそうだ。だって彼はプログラマーではなく社長で、すべてが明らかになった今、彼は本来の仕事に戻ったはずなのだから。彼女ができたからジャージ姿をやめたわけじゃない。すべての部署を回り終えたから、必要なくなっただけだ。

それなら私との関係は……？　それも全部会社のためだったのだろうか。もしかして小久保さんからセクハラ発言を聞き出すためだったのかもしれない。そう思うと胸が痛んだ。


岡島さんと小久保さんが会社から消えて、私は忙しかった。

過去の成果も正当に評価されて大きなボーナスが入る通達はあったし、大幅に給料も上がる。が、仕事がたまっていた。新規事業の部署立ち上げ前にやることも多い。

「ようやく終わったぁ」

ひとり残業を終えて伸びをしていると、後ろから低い声が聞こえた。

「すまなかったな」

「美山さん、じゃなくて社長」

「他人行儀だな」

そう言いながら深山さんは、〝美山さん〟の席に座った。こうしていると以前と変わらないのに。

「来週には他部署から異動させるし、新規採用も進めている。しかし一斉《いっせい》にやりすぎたな。人事部からかなり怒られている」

「そうでしょうね」

「せっかくコンペが終わったのに今度は俺が忙しい」

深山さんは椅子ごと私の体を引き寄せて、そのまま抱きしめた。

「だけどコンペが終わったら、時間をつくると言った。今日は終わったんだろ？　空いた時間は全部俺のものにしていいよな」

突然抱きしめられて動揺するけれど、久しぶりに会えたことが心からうれしい。最後に会ったのは壇上で、今までの美山さんは幻に思えてしまっていたのだ。

「私との関係は調査のためだったんじゃないんですか」

「そんなわけないだろ、変なことを言うな」

不安から無理やり体を離すと深山さんは不思議な顔をしている。

「社員と調査のために付き合うなんてリスクしかない。そもそも社員と付き合うこと自体リスクがある。恋人だから優遇したとくだらない噂も立ったら、やりにくくなる

いから」
「簡単なことだ。そんな心配は不要だし、リスクとかどうでもいいくらいキミが欲し
いから」
軽く笑って深山さんは私をもう一度抱きしめた。痛いくらい強く抱きしめられ、彼
がここにいることを実感して涙が出そうになる。その温度に安心しながらも、腕の逞
しさにドキドキしてしまう。
「こんなところ見つかったら噂が立ちますよ」
「別にいい。菜月が優秀なことはもう全社員が認めている。キミの成績がよくたって
誰も贔屓《ひいき》だとは思わない。そろそろ自分の凄さを認められるようになったか？」
「前より自信は持てるようになりましたよ。だけどそれは仕事で、です。プライベー
トでは、深山さんと並べるような――」
「じゃあ美山の姿に戻れば付き合ってくれるのか？」
「そういうわけじゃないです！　見た目なんて関係なくて！」
思わず声を上げると、おかしそうに深山さんは笑った。
「俺も菜月の内面に惹かれたけど？　自信がないなら全部言ってやろうか？」

「だ、大丈夫ですっ！」

「まあ俺は菜月の顔も好きだけど」

「この地味な顔がですか？」

「俺が輝かせる楽しみがある」

深山さんはそう言うと長い指で私の唇をなぞった。彼の指に色がうつり、その艶やかさに体が熱くなる。彼の手によって彩られていく自分が想像ついてしまう。

「だいぶ菜月のこと知れたけど、もっと教えてよ」

深山さんの指が唇から首へ、それから鎖骨に移動する。彼の瞳は濡れているのに熱を孕んでいて、見つめられると体が熱くなる。

「ここではセクハラですよ」

「はいはい。移動しようか」

私が答える前に深山さんは私の手を取って、オフィスの外に連れ出した。


エレベーターに乗り込んでふたりきりになると強く抱きしめられる。

「既視感があります」

「そうだな」

「どこに行くんですか？」

「グランツインホテルに」

「……」

「その顔はわかってるな？　そう、今日は帰す気はない」

全身の熱が顔に集まったみたいに熱くなる。黙っている私の顎を優しく掴むとキスを落とした。

「まだここは会社ですから」

恥ずかしさが勝って、彼の胸を押して距離を取ろうとする。だけど右手は私の手首を取り、左手は私の背中を抱いている。逃がさないともう一度きつく抱きしめられる。

「その顔、かわいすぎたから。味見しようかと」

「味見って……！」

深山さんの舌がちらりと覗く。味見という表現がしっくりきてしまうのは、このあとを私も期待してしまっているからだ。

エレベーターの扉が開き、ふたりきりの夜に向かった。

END

エリート弁護士の執着愛

本郷アキ

プロローグ

冷たさを含んだ春の風が頬をなでる。

涙をこらえて空を見上げると、吸い込んだ空気の冷たさに心まで寒くなった。

「好きって、冗談だろ」

ため息交じりのその声はひどく冷たかった。

それがずっと優しかった幼なじみの言葉とはとても思えず、私は彼の前で立ち尽くしていた。

大学卒業を間近に控えた土曜日、私は母の作ったカレーの鍋を両手に持って、いつものように幼なじみの家を訪ねた。

母は料理好きでいつも食べきれない量を作るため、頻繁にご近所さんにお裾分けをしている。太一《たいち》の母は特に喜んでくれるから、こうして行き来をするのも珍しくない。

もうすぐ私は実家を出てひとり暮らしをはじめる。ずっと好きだった彼に告白するなら、今しかないと決意してのことだった。

「冗談なわけないよ」

「勘弁してくれ」

彼はうんざりしたようにため息をついた。

「勘弁って……どうしてそんなひどいこと言うの？」

「はぁ？　なんでわかんないかな」

「だって太一は、ずっと私に優しくしてくれたじゃない！　私を好きでいてくれたからでしょ！」

彼だけは私の見た目を笑わなかった。

彼だけはそのままでいいと言ってくれた。

時々、ぎこちなく笑う顔を見ると不安になったけれど、気のせいだと思い込もうとしていた。

「あ〜〜勘違いさせてたみたいだから言うけど、俺が育実《いくみ》に親切にしてたのは、親にそうしろって言われて仕方なくだから。これうちの親に言うなよ？」

「親に言われてって……嘘だよ。小さい頃から、ずっと一緒にいたでしょ？」

「一緒に？　お前がつきまとってきただけだろ？」

太一は心底面倒くさそうな顔をして、驚きに見開いた眼差しをこちらに向ける。やや目つきが悪く近寄りがたい印象はあるが、長身で大人びたところがかっこいいと、女子からよく声をかけられていた。そのたびに私は幼なじみとして少しの優越感に浸っていたのだ。

「つか、俺を好きだとかよく言えるよな。鏡を見たらわかるだろうよ……誰が好きこのんでお前なんかと付き合うんだよ。いつも思ってたけどさ、お前、俺と並んでて恥ずかしくないの？」

「……っ！」

あまりの衝撃に、こらえていた涙がぼろぼろとこぼれ落ちた。

まさか、小学校の頃からの幼なじみに、そんなひどい言葉をかけられるだなんて。彼の優しさを恋心だと勘違いした私が悪いのだろうか。

たしかに私は、平均体重よりも二十キロは太っているし、顔にできたニキビもなかなか治らないし、かわいいとは言えないかもしれない。

小学校の頃から〝子豚ちゃん〟が私のあだ名だった。学校の健康診断ではいつもグラフの〝肥満〟のところにチェックが入っていた。

でも、そんな私に『育実はちょっとぽっちゃりなだけだろ』『ニキビなんて大人になれば治るって』『運動ができなくても、勉強は得意なんだから、得意なことを伸ばせばいいんだよ』と言って元気づけてくれたのは太一だ。

太一がいてくれたから、私は必要以上にネガティブにならずに済んだし、私を溺愛する両親も太一には感謝していた。

家が近く、どちらかの家で食事をすることも珍しくなかった。そのときも『たくさん食べる女子って見てて気持ちいいよな』そう言ってくれたのに。

「ひどい……っ」

「そうやってすぐめそめそ泣くところもウザいって思ってたんだよな」

「だ、だって、太一が！」

「だから嫌だったんだよ！　お前みたいにモテない女って、優しくするとすぐ勘違いすんじゃん。それなのにうちの親父は、お前んとこの親父が名の知れた弁護士だから親切にしておいたほうがいいとか。お前とつるまなきゃならなくて泣きたいのはこっちだったっつうの！」

太一は苛立《いらだ》った様子で玄関に置いてある靴を蹴った。彼の乱暴な動作に、私は肩を震わせて一歩後ずさる。

彼がずっと私に親切だったのは、利用価値があるからだと突きつけられて、太一への恋心が無残にも砕け散った。

いや、違う。本当は気づいていたけれど、気づかないふりをしていただけ。

太一は、学校では決して私と話そうとはしなかった。

用事があって家に行くと、一瞬、迷惑そうな顔をする。

学校では友達と過ごしたいんだろう、きっと今は疲れてるんだろう。自分にそう言い聞かせて、優しい面だけを信じようとしていたのだ。

「お前さ、就職して家出るんだよな？」

「……そう、だけど」

私は大手弁護士事務所の事務員として就職が決まっている。

争いごとが嫌いで、人に強く出られない私が弁護士を目指すのは無理だとわかっていた。けれど、父の背中を見て育ってきたからか、やはりその世界への憧れは捨てきれなくて、弁護士の手伝いができる仕事を選んだのだ。

幸い学校の成績だけはよかったし、父の後押しもあって就職が決まった。

ちなみに太一の家は会社を経営しており、彼は卒業後、実家を出ずにその会社に就職すると聞いた。

「なら、ちょうどよかった」

「え？」

「お前とこれ以上関わらなくて済むだろ。はぁ～長かった。一生、お前の面倒を見させられんのかと思ったわ」

太一はぞっとするとでも言いたげに腕を摩《さす》ると、これ以上話していたくないとばかりに私の持っている鍋を奪い取り、玄関のドアを閉めた。

鍵のかかる音を聞きながら、私はしばらくその場から動けずにいたのだった。

過去の恋との決別

バーのカウンター席に座り、スパークリングワインをベースにしたミモザを口に含む。オレンジの酸味が胸の奥にたまる苦さを流してくれればよかったのに、込み上げてくる怒りはさっぱりなくならない。

春の暖かさもなんのその。私の胸の内は猛吹雪である。

それは今日、六年ぶりに会った太一のせいであった。

お互い二十八歳。もういい大人だ。過去の件は水に流して、新しい関係を始められるかもしれないと期待をしていた。

だって、私、頑張ったし。

六年前、幼なじみの太一にこっぴどく振られた私は、いつか見返してやりたい、いつか後悔させてやりたい、その思いを胸にダイエットを始めた。

この六年間、私の胸にあった太一への思いは怒りだ。ダイエットに負けそうになるたびに、失恋した日を思い出した。

毎日の運動に食事制限、リバウンドしないために時間をかけてゆっくりと痩せていった。食生活を改善した結果、吹き出物が出なくなり、肌質も改善した。

数年かかったが、太っていた頃より二十キロも痩せて、腕も腹も太腿もほっそりしており、服はSサイズをキープしている。

でも、なかなか太一に会いにいく勇気は持てなかった。

長年信じていた相手に裏切られたショックは軽くはなく、また彼に拒絶されるのではと思うと、足がすくんだ。

そうやって何年も無駄にしたが、転機は意外な形で訪れた。

仕事が休みの土曜日、一カ月ぶりに実家に帰る途中で、偶然、太一に会った。

私は思いきって声をかけた。

太一が痩せた私を見て少しでも驚いてくれたら、綺麗になったと言ってくれたら、過去のトラウマが解消されるかもしれない。

太一のことなど忘れて、別の人に恋ができるかもしれない、そう思った。

「それなのに、それなのにっ……あの男、私を覚えてもいなかったのっ！　悔しい～！」

「飲みすぎじゃない？　育実ちゃん」

なじみのバーのマスターがやんわりと宥めてくる。カクテルグラスを遠くに置き、水を差し出されて、私はグラスに入った水を一気に飲み干した。

「飲まないとやってられない」

「まぁ、いいけどね。帰れる程度にしておきなよ」

「ねぇ、私の六年ってなんだったんだと思う？　太一を見返したくて、頑張ってダイエットして綺麗になったのに、覚えられてもいないって。あいつ、私を見て『どちら様ですか？』って言ったの！　二十年来の幼なじみの顔を忘れるってどういうこと！」

「どちら様って言われてどうしたの？」

「育実だよ、久しぶりって声をかけたの。そうしたらあの男『え、別人だろ？　詐欺メイクってやつ？　うまく化けたもんだよな』って鼻で笑ったのよ。私の血の滲むような努力をバカにしてっ！」

怒りはまったく収まらない。トラウマを解消するべく太一に会いにいったのに、新たなトラウマを植えつけられ、気分は最低最悪だ。

「うわ」

「驚かせることに成功はしたけどさ、試合に勝って勝負に負けた感！　この数年、私を振ったことを後悔させるためだけに頑張ってきたのよ。こうなったら、やっぱりイケメンの恋人をつくって結婚式にでも呼んでやるしかないわっ！」

「まったく……こじらせすぎでしょう」

マスターはやれやれと肩をすくめながら、サービスだと言ってオリーブのピクルスを差し出した。そして、いつの間にかひとつ席を空けて座っていた客の対応に行ってしまう。

話し相手がいなくなった私は、仕方なく小皿に並んだオリーブをひとつつまむ。噛むほどにすっきりとした酸味が口の中に広がり、それを咀嚼《そしゃく》し飲み込むと、いきり立っていた気持ちがやや落ち着いてくる。

わかっている。大人になって思えば、あのとき太一が言っていたこともあながち間違っていないなと気づいたから。

私がやっていたのはただの好意の押しつけ。太一に好きになってもらう努力もせず、綺麗になろうとさえ思わなかった。

太一がこのままの私を好きになってくれると、なぜか信じきっていた。

私たちは幼なじみだったが、彼は私を仕方なく慰めていただけで、期待を持たせるような言葉を発したことは一度もなかったのに、だ。

それを私は好意だと勘違いし、勝手に傷つき、勝手に恨みに思っているだけ。

太一との思い出も怒りも全部、頭の中から消したいのに、どうすれば忘れられるのか、まったくわからない。

「恋人でもつくったら？　過去の恋を忘れるなら、新しい恋以外ないと思うよ」

いつの間にかマスターが戻ってきており、私の前にあった空のグラスを下げて、新しい飲み物を出してくれた。グラスを傾けると、酒の味はまったくしない。グラスに入っているのはオレンジジュースだった。

子どもっぽいかもしれないが、幼い頃から私はオレンジジュースが大好きだ。ミモザを頼むのもオレンジの味がするからである。

グラスを傾けて大事にひと口ずつ飲みながら、ため息交じりに口を開いた。

「私もそう思うけど……」

「けど？」

「相手とどうやって恋愛に発展させていったらいいかが、まるでわからなくて」

私は、太一への想いをこじらせた結果、男性不信に陥り、恋愛経験がまるでない。

恋人関係など未知の領域すぎて、まずなにから始めていいのやら、だ。

友人には出会い系アプリの登録を勧められたが、初めて会う人と話すなんて初心者にはハードルが高すぎて無理だった。

「告白してきた相手ととりあえず付き合ったら？」

「なんで告白される前提？　どうしたら告白ってされるの？」

真剣に聞くと、すぐ近くから笑い声が聞こえてきた。

嘲笑には敏感だ。

自分が笑われたことに気づいた私は、ひとつ空けた席に座る男を見据える。

「あの、なにか？」

「あぁ、いや……悪い」

男は、三十代前半だろうか。

思わず凝視してしまうほど、その横顔は整っていた。綺麗な弧を描く太い眉に長いまつ毛、彫りの深い顔立ちなのに爽やかな印象もあるのは、彼の所作が上品なせいかもしれない。グラスを傾ける姿さえここまでさまになる男も、そうはいないだろう。

うわ……すごい美形。

座っていてもわかる長い足、艶のある黒髪にきっちりと整えられた襟足。量販店のものではない仕立てのいいスーツ。左腕にはシンプルな高級腕時計。ただそこに座っているだけなのに圧倒的な存在感がある。

私は怒るのも忘れて、彼の顔に見とれていた。すると。

「イケメンの恋人をつくると意気込んでいたわりには、恋愛の仕方もわからないのかと」

「な……っ」

男の言葉に私は気色ばんだ。マスターがあちゃーとでも言うように手のひらを額にあてて、私たちを交互に見つめる。

「まぁまぁ、久能《くのう》さん、そう言わないでやって。育実ちゃん、久能さんはキミをバカにしてるわけじゃないからね。この人、見た目は近寄りがたくて怖がられるけど、意外と優しい人だから」

どうやら久能と呼ばれた男もまた、このバーの常連客らしい。

「俺はべつにキミをバカにしてるわけじゃない。ただ、男慣れしていない女性の隙につけ込む悪い男もいるから、気をつけたほうがいいと思っただけだ」

「でも、笑ってたじゃないですか」

「あぁ、それは……」

やはりバカにしていたんだろうと、男を睨《ね》めつけると、男はこちらを見てやわらかく笑う。

「それは、なんです？」

「かわいいなと思ってしまって」

マスターが呆れたような顔でため息をついた。

なぜマスターがそんな顔をするのかがわからなかったが、それよりも久能さんの言葉が頭の中に幾度となく響き、徐々に私の頬に熱がこもっていく。

「か、かわ……っ」

「キミはかわいいし綺麗だよ。だから、そんな男のために怒るのはもったいない」

どうやら慰めてくれていたらしいと知ると、先ほどまでの怒りがしゅるしゅると収まっていく。その代わりに急激に恥ずかしさが押し寄せてきて、男の顔を見られなくなった。

「なぁ」

「は、は、はい……？」

「その男がまだ好きなのか？」

久能さんにそう聞かれて、太一を思い出す。

私はぶんぶんと首を横に振った。あの男への恋心なんて六年前にすっかりなくなっている。ただ、恋心が怒りに変わっただけで、相変わらず太一が頭の大部分を占めていることに変わりはない。

それを拙《つたな》い言葉で説明すると、久能さんは納得がいったと言うように頷いた。

「なら、キミの言う〝イケメンの恋人〟に俺がなってもいいはずだよな」

「はい？」

あまりに驚いたせいで、〝イケメンの恋人〟という言葉が耳を素通りしていく。

自分で自分のことイケメンって言っちゃうんだ、とは突っ込めなかった。彼が自信家であることは態度や口調からも伝わってきたし、実際、イケメンなんて軽い言葉では説明できないくらいの美形ではあるのだが。

「育実」

突然名前を呼ばれて、私の心臓が跳ね上がった。交際経験のない私でも、彼がいかに女性慣れしているかがわかる。

おそらく、酒の入った場での軽口。そう思うのに、続けられた言葉が私の琴線に触れた。

「俺が勝負にも勝たせてやるよ」

「……どういう、意味ですか？」

「新しい恋をして、過去の男なんて目に入らないくらい夢中になればいい。だから、俺と恋をしてみないか？」

冗談はやめてください――そう言おうとしたのに、冗談とは思えない真剣な目に射貫かれて、私は言葉を失った。

もし久能さんに恋をしたら、過去のトラウマも忘れられるだろうか。わずかにそんな期待をしてしまい、呆気《あっけ》なく流されそうになる自分に苦笑が漏れる。

会ったばかりの久能さんに『恋をしてみないか』と言われて胸をときめかせるなんて。

上っ面の優しさを与えられ太一に恋愛感情を抱いた頃と、なにも変わっていない。

過去のことなんてなにもかも忘れて今を生きればいいと思うのに、消化できない。

「どうする、育実？」

ふたたび育実と名前を呼ばれて、私の名前を呼ぶ太一の声と重なった。

もう太一を思い出したくない。太一に与えられた優しさにも、ひどい言葉にも、心を揺らしたくない。

私は唇を噛みしめ、差し出された手を見つめた。

久能さんを信じて、太一のときのように傷つけられたら。そう思うと、一歩を踏み出す勇気はなかなか持てない。

でも、今、この手を取らないと、このまま一生太一への怒りを抱えて生きていくのかもしれない。そう考えたら怖くもあって、差し出された手がひどく魅力的に思えてくる。

逡巡しながらも、伸ばされた手におずおずと指先をのせると、思わず見とれてしまうほどの微笑みを返されたのだった。

彼は久能優一《ゆういち》と名乗った。マスターが男を久能さんと呼んでいたから、名字は本名かもしれないが、それもどこまで信用していいか。

「ふたりでゆっくり話そう」

そんな彼の誘いに応じて、バーを出た。

久能さんに連れていかれたのは、バーからほど近い場所にある三つ星ホテルだった。それも、フロントを通らず案内されたのはエグゼクティブルーム。

ドアを開けて中に入り、廊下を通り過ぎると、部屋はL字形ソファと六人用ダイニングテーブルが置かれた、広々としたリビングダイニングになっていた。リビングの奥にも部屋があるようだから、そちらがベッドルームだろう。

男性と初めてホテルに入る緊張感が、目の前の大きな窓の向こうに広がる景色で霧散する。リビングから見える夜景は、まるで夜空にちりばめられた宝石のようだ。

「うわ、すごい」

私が夜景に心を奪われていると、すぐ近くに立った彼が小さく笑った。

もしかしたら私を騙すためにあえてお金を持っているふりをしているのかもしれない。そんな疑念もわずかにあるが、私の勘はそれを否定している。

だってこの人ならば、わざわざこんな手間をかけなくても、相手をしてもらえるなら喜んでお金を差し出す女性がいそうだ。

「ホテルにはあまり泊まらないのか？」

「そうですね。家族が旅館好きなので、ホテルにはあまり泊まりません」

私がそう答えると、「そうか」という声が聞こえて、窓に手が置かれた。私の真後ろに立った彼が窓に映っており、笑いを噛み殺すような表情をしていた。ほんの少し後ろに下がれば、背中が触れてしまいそうな距離だ。

「あ、の……？」

「あぁ、悪い。恋人とこういうところには泊まらないのかと聞いたつもりだったんだ。男慣れしていないって話は本当なんだな」

久能さんは、くつくつと機嫌よさそうな笑い声を漏らした。

「男とホテルに泊まったことはない？」

「宿泊どころか……恋人なんて、いたことないです」

「へぇ、なら、そのタイチくんに感謝しなければな」

「なんで太一に感謝なんですか」

太一の話題を出されてムッとする。そのたびに太一の声が耳元で聞こえてくる気がして、ふつふつと怒りが湧き上がる。

「キミが何年もの間、タイチくんへの怒りで頭をいっぱいにしていたから、誰にも奪われずに済んだ。そして、俺が最初で最後の男になれる」

不意に久能さんに抱きしめられて、その衝撃で息が止まりそうになる。彼は前屈みになると、見せつけるようにゆっくりと顔を近づけ、唇同士を触れさせた。

最初で最後の男という言葉の意味を理解し、なんの警戒心も持たずについてきてしまったことを遅ればせながら後悔する。男慣れしていないとからかわれるわけだと、久能さんが笑った理由まで察して頬が熱くなるが、キスの動揺で動くことさえできなかった。

私が体を硬くしたことに気づいたのだろう。

何度か触れるだけのキスが贈られると、すぐに久能さんの唇が離れていった。そして、抱きしめたまま宥めるように背中をとんとんと叩かれる。

「今日はなにもしない。焦って嫌われたくないからな」

「キス、したじゃないですか」

「キスだけだ。この続きはそのうち。育実が俺を好きになってくれたら、しようか」

耳元で久能さんの囁くような声が聞こえて、ただでさえ高まる鼓動がさらに激しさを増す。

男性に抱きしめられた経験などない私は、久能さんを抱きしめ返すことさえできず、立ち尽くしていた。

「あ、あの……久能さん」

いつまでこうしていればいいのかわからず呼びかけると、彼は機嫌よさそうに目を細めて、私の手を取った。

「優一だよ」

そう呼んでほしい、という意味だろうか。

「優一さん？」

正解だと言う代わりに、額に口づけが贈られる。

「い、いつまでこのままでいれば……っ」

「ははっ、ずっとこのままでいたいけど、俺もつらいし、育実も落ち着かないよな」

仕方ないと言いたげに体を離される。しかし、手はつないだままだ。

「今夜はたくさん話をしよう」

彼はそう言って、私の手を引いた。私を後ろから抱きしめるようにしてソファに腰かけ、両腕を前に回す。

「この状態も、落ち着きません」

「嫌がることはしたくないけど、男として意識はしてほしいんだよ。嫌？」

「私なんかに、こんなことをして楽しいんですか？」

「楽しいよ。育実はかわいいからな」

「かわいく、なんて……っ」

ない、と言おうとすると、優一さんの指が唇に触れた。

「彼のために努力をして綺麗になったんだろう。失恋して、彼をただ恨むことだってできたはずなのに、そうしなかった。キミは素敵な人だ」

優一さんの言葉で、心からトゲが抜けていくかのようだ。

私は誰かに認めてほしかったのかもしれない。よくやった、頑張ったと。一番認めてほしかった相手は太一だったけれど、彼は私を認めるどころか、さらに深い傷をつけた。

「私、太一に、綺麗になったなって言ってほしかっただけなんです……」

「綺麗だよ、キミは」

「本当に？」

「ほかの誰の言葉より、恋人の俺を信じろよ。何度だって言ってやる」

「ふふっ、恋人だなんて」

笑った声は震えていた。

頬を伝う涙を唇ですくい取られ、背中から優一さんの体温が伝わってくると、不思議なほどすんなりと彼の言葉を受け止められた。

「こら、冗談だと思うなよ？」

「はい……恋人、ですよね。優一さん」

私に優しくしてくれたのは、彼の気まぐれだろう。本気で恋人になるなんて勘違いはしない。明日になれば解ける魔法だとわかっている。

彼の言葉に笑みを返すと、視線が交わり、見とれるほど整った顔が近づいてくる。キスの予感がして、私は自然と目を瞑り、触れた唇を受け止めていた。

あれだけ怒りに苛《さいな》まれていたというのに、何度となく口づけられていくうちに、頭の中が優一さんでいっぱいになっていく。

優一さんといる間だけは、太一を忘れられるような気がした。

初めてのデート

　翌朝、ぐっすりと眠りこけていた私は、体を揺すられて目を覚ました。

「ん……」

「おはよう、そろそろ十時だ。朝食でも取らないか？」

　いつもとは違う匂いと空気を感じて目を開けると、眼前にあまりに美しい顔が飛び込んでくる。寝顔を見られていた恥ずかしさと、昨夜のあれこれのせいで、顔が沸騰するかのように熱くなった。

　昨夜は順番にシャワーを浴びて、大人三人が寝られるほど大きなベッドにふたりで横になった。彼が隣に寝ていると思うとなかなか寝つけず、朝方にようやく眠りについたのだ。

「あ……お、おはよう、ございます。久能さん」

「昨日は名前で呼んでくれていただろう。あぁ……恥ずかしいのか」

　優一さんはベッドに腕を突き、私の顔を覗き込んできた。頭に血が上ったかのようにクラクラする。

寝起きの私とは違い、彼は昨夜と同じようにきっちりとワイシャツを着込み、ネクタイを締めていた。十時ならば、ホテルのチェックアウトの時間が迫っているのかもしれない。

「ごめんなさい。こんな時間まで寝てしまって。私もすぐに支度をして、帰りますね」

「帰る？　こらこら、どうしてそうなる。きちんと説明を」

慌ててベッドから下りようとすると、彼の腕が腰に回された。

まるで逃がさないと言われているみたいで、そんなはずもないのに、本当に優一さんの恋人になったような気がしてくる。

「だって、もう帰らないと」

「なにか用事があるのか？」

「いえ、特にありませんが」

「よかった。これからキミをデートに誘おうと思っていたんだ」

「デート!?」

「恋人ならデートくらいするだろう。あまり眠れなかったみたいだから、もう少しゆっくりしたければルームサービスでも取って、部屋で過ごすか？」

「あの……恋人って本気だったんですか？」

「俺は、冗談で恋人になろうとは言わない」

呆れたような目を向けられるが、冗談じゃなかったらなぜなのか、まったくわからない。昨夜会ったばかりなのに、まさか私にひと目惚れしたとでも言うのだろうか。

「だって私たち、昨日会ったばかりですよ」

「ひと目惚れをしたって言ったら信じるか？」

私が信じられないのをわかっていて言っているのだろう。素直に首を横に振ると、彼の形のいい眉がひょいと上がって、髪をなでられた。

「あの、そういえば私の服は？」

「あぁ、昨日着ていた服はクリーニングに出した。夕方頃には届くだろう。それまではこれを」

「え……あの、これ」

私が愛用しているブランド店の紙袋をベッドに置かれ、言葉を失ったまま彼を見上げる。

まさか私が寝ている間に用意してくれたのだろうか。そんな疑問が表情から伝わったのだろう。口元を緩ませた優一さんが、どうぞとでも言うように手のひらを差し出した。

「昨夜、育実が好きそうな服を女性コンシェルジュに頼んで揃えてもらったんだが、どうだ？　開けてみて」

「あ、はい」

紙袋に入っていたのは、胸の下で切り返しのあるAラインワンピース。ワンピースは落ち着いたクリーム色で、切り返し部分にダークブラウンのラインが入っている。

店頭で見かけたら絶対に買っているくらい私好みのデザインだ。

「いつの間に……これ、私の好きなブランドなんです。ありがとうございます」

「気に入ってくれてよかったよ」

「あっ、すみません、お金お返しします」

慌てて財布を出そうとして止められる。

「俺が勝手にしたことだ。それより、着替えて食事にでも出かけよう」

寝乱れた髪を手櫛《てぐし》で直された。私の心臓は昨夜からずっとおかしな音を奏でている。

ホテルの地下駐車場に止められた優一さんの車は、黒の高級ＳＵＶ車だった。

助手席までエスコートされたのも初めてなら、父以外の男性が運転する車の助手席に乗るのも初めてだ。シートベルトを締めて、エンジン音を聞きながら口を開く。

「こういうの慣れてなくて、どうしたらいいかわからなくなります」

彼が私を好きだなんてとても信じられないのに、その行動で愛情を示されているような気がしてくると、どうしたって心が弾んでしまう。

「こういうの？」

「デートなんて、初めてするので。手をつなぐのも……助手席に乗るのも、初めてです」

「そうか。育実の初めての相手になれて光栄だよ」

優一さんは前を見据えたまま、うれしそうにはにかんだ。その顔はまるで、私との初めてのデートを喜んでいるようで、胸がきゅっと甘く疼《うず》く。

「光栄だなんて」

「育実を落とすつもりだからね、これでも必死なんだ」

ホテルから三十分ほど走っただろうか。駅からほど近い場所にあるパーキングに車が止められる。車を降りると、当然のように手を差し出された。優一さんの手に軽く手をのせると、指を絡ませてつながれる。

「ここからすぐだ。起きたばかりだけど食べられそうか？」

「はい、大丈夫です。もうお昼ですもんね。すみません、私が寝てたから」

私が起きるのを待っていた優一さんのほうが空腹のはずだ。

パーキングから五分ほど歩いたところで優一さんが足を止めた。一軒家の造りで、外にはイタリアの国旗が掲げられているその店は、偶然にも私が両親とよく訪れるところだ。

「ここ……」

「一度来てみたかったんだ。知り合いからおいしいと話を聞いていたからな」

「そうだったんですか。じつはここ、私もよく来るんです」

私が言うと、優一さんはさして驚いた顔も見せずに「そうか」とだけ口にした。

顔見知りの店主が私を見て驚いた顔をするが、隣にいる優一さんに気づき、知らないふりをしてくれた。

「おすすめはある？」

優一さんがメニューを広げながら私に聞いた。

「私、いつも同じものばかり頼んでしまうので、一種類しか食べたことがないんですよ。父はお肉系が多いので、男の人ならこの辺でしょうか」

私はメニューにある、ボロネーゼなど肉を使用したパスタを指差した。

ここに来ると、私はいつも〝いくらとたらこのクリームパスタ〟を頼む。

私は一度好きになった料理に飽きることがない。ファッションも同じで、好きなブランドや好きな色も十代の頃からあまり変わらなかった。

「そういえば、バーでもオレンジ系のカクテルばかり飲んでいたな」

「気づいてたんですか？」

マスターとの会話を聞かれていたことは知っていたが、同じカクテルばかり頼んでいたことまで知られているとは思わなかった。

「そりゃあな」

言葉の意味がわからず首をかしげると、タイミングを見計らったように店員が注文を取りにくる。

「ご注文はお決まりですか？」

「育実は？」

「私は、いくらとたらこのクリームパスタをお願いします」

「じゃあ俺も同じものを。飲み物はどうする？　オレンジジュース？」

優一さんはメニューを見ながら、楽しげに口にした。

「あ、はい」

「俺は、ホットコーヒーを食後に」

「かしこまりました」

店主が私と優一さんを見比べて顔をほころばせる。おそらく恋人同士だと勘繰っているのだろう。

どんな関係だと聞かれても答えられない。隣で寝ただけでも一夜を共にしたのは確かだし、彼は私を落とすつもりだと言っていた。

「昨日、いつから私を見てたんですか？」

「いつ……店に入ってすぐか」

「すぐって、どうして？」

まさか本当に、会ってすぐにひと目惚れしたとでも言うのだろうか。それとも、太一の愚痴を言う私を眺めていたのか。

「どうしてだと思う？　隣に座る綺麗な女性に見とれていたのかもしれないし、もしかしたら、育実を前から知っていたのかもしれないな」

彼はテーブルに肘を突き、いたずらっぽい笑みを浮かべた。そんな行儀の悪い姿さえさまになっており、つい惚れ惚れしてしまう。

「私にこんなイケメンの知り合いはいません」

ほかの男性に言われたら怖いセリフだが、優一さんが言うと冗談でしかないと感じられる。それに、これほどに印象深い人を忘れはしないだろう。

「キミの気持ちを俺に向けるのは、なかなか大変そうだな。俺の見た目にクラクラしてくれる女性だったら簡単だったんだが」

「あなたなら、どんな女性だって簡単に落とせるでしょう？　実際、私は昨日、会ったばかりの優一さんに誘われて、まんまとついていったんですから」

「簡単に落とせる女なんていらない。俺が落としたいと思うのは育実だけだ。キミの気持ちを、俺に向けたいんだよ」

私が優一さんに惹かれ始めているのは確かだが、彼に抱いている感情が、以前、太一に向けていた感情と同じかと言われると判断がつかなかった。

「恋愛感情じゃないにしても、育実の心の中にはまだタイチくんがいる。どうでもいい相手なら、あんなに傷つかないだろう？」

「そうかも、しれませんね」

六年間の努力を認めてほしかった唯一の相手に踏みにじられたからこそ、私はあれほど傷ついたのかもしれない。

「太一に失恋したのは、大学卒業間近だったんですけど、私……そのあと、なにも食べられなくなって、父と母にすごく心配をかけたんです。部屋からも出ず、泣いてばかりで」

「そうだったのか」

父は家族の写真を撮るのが趣味で、よく私にカメラを向けていたが、振られてからは写真を撮られるのも嫌になった。鏡を見るのも嫌だった。

これ以上太れば、さらに太一に嫌われるかもしれないと思うと怖くて、好きだったパスタが食べられなくなり、オレンジジュースも飲めなくなった。

父も母も私が太一に失恋したことを察していたのか、なにも聞かなかった。

けれど、両親はこのままではいけないと思ったのだろう。

春休みなのをいいことに部屋に閉じこもっていた私に、父から慌てた様子で電話がかかってきたのだ。大事な書類を家に忘れてしまったから弁護士事務所に届けてほしい、そう言われた私は、仕方なく家を出た。

普通、仕事で使用する大事な書類を、大学卒業間近の娘に預けないだろうから、あれは父の機略だったのだと、今ならわかる。

そういえば……あのとき、父の弁護士事務所で年上の大人に囲まれた私に、優しくしてくれた人がいた。

父の子どもだから親切にしてくれただけだろうが、暑くて顔を真っ赤にした私にオレンジジュースを買ってくれた男の人。顔は思い出せないけれど、男性の優しさに救われて、それから私はダイエットを決意したのだ。

「それから……努力して、ようやく過去を消化できると思ったのに、かなわなかった」

綺麗になったと思っていた。私を振ったことを後悔するはずだと。

でも、太一は私を認めてはくれなかった。それどころか私に気づきもしなかった。

優一さんは、キミはかわいいし綺麗だと、私が太一に言ってほしかった言葉をくれた。つい、差し出された手を取ってしまうくらい、優一さんの言葉がうれしかったのだ。

「でも昨夜、あなたは私を綺麗だと言ってくれたから、もういいかなと思えたんです」

「タイチくんはもったいないことをしたな。こんなにかわいい人に想われて応えない男など、さっさと忘れてしまえばいい」

目の前から聞こえてきた言葉が過去と交差する。

昔、私を慰めてくれた男性が優一さんの顔と重なり、既視感を抱かせた。胸があたたかくなり、彼の言葉をすんなりと信じてしまいたくなる。

「そんなにかわいいって言わないでください。調子に乗っちゃいますから」

私は思わず噴き出すように笑っていた。

昨夜から、この人は何度私に、綺麗だ、かわいいと言っただろう。まるで自信のない私に言い聞かせるように何度も何度も。

「キミは調子に乗るくらいでちょうどいい。言葉を尽くすのはあたり前だろう。俺はキミの笑った顔が見たかったんだから。でも、ようやく見られたよ」

「ありがとうございます。いろいろと」

「じゃあ、そろそろ恋人の俺と連絡先を交換してくれるか？」

そういえば彼とは連絡先ひとつ交換していなかった。

「あ、そうですね」

私はスマートフォンを出して、メッセージアプリを表示させた。バーコードを読み取り、彼とつながる。私の登録名はひらがなで〝いくみ〟だ。彼の登録名は〝久能優一〟となっていた。

登録したばかりの連絡先にメッセージで名前を入れようとすると、彼のスマートフォンの画面が横目に見えてしまった。そこには登録名を変更したのか〝仙崎《せんざき》育実〟とある。

彼に名字を教えただろうか。

もしかしたら昨夜名乗ったのかもしれないが、酔っていたのか覚えていない。

食事を終えてオレンジジュースを飲んだあと、優一さんの車で家まで送ってもらった。家に帰るとタイミングよく優一さんからメッセージが届く。

【久しぶりに楽しい週末だったよ。またな】

そんな他愛ないやり取りに頬が緩む。

彼と出会ってまだたった二日しか経っていないのに、私はずいぶんと優一さんに心を許してしまっている。もしかしたら、本当に私にひと目惚れしてくれたのではないかと、そんな期待が止められない。

太一にそうだったように、優一さんに溺れそうな自分が怖かった。

彼の正体は

翌週の月曜日。

私が働く『K&Sヴェリタス法律事務所』は所属弁護士が百人を超える大手法律事務所だ。ここは外国法共同事業法律事務所であり、企業の国籍にかかわらずサービスを提供することができる。私はここで事務員として働いていた。

弁護士資格はないから法律の相談には乗れないが、相談者のヒアリングから、過去の判例などの調べもの、雑用まで仕事は多岐にわたり、弁護士が仕事に集中するための手伝いをしている。

朝礼時、海外支店に出向していたパートナー弁護士が戻ってきたと紹介された。

多くの弁護士、パラリーガル、事務員が並ぶ中に私も立ち、男性が前に立つのをぼんやりと眺めていた。パートナー弁護士と説明されたが、ずいぶんと若そうだ。

嘘でしょう……っ。

私は愕然《がくぜん》と背の高い男性を見つめていた。

そこに立っていたのは、日曜日まで一緒に過ごしていた優一さんだった。

私が彼のプライベートまで踏み込んで聞くことができなかったのは、連絡先を交換してもなお、優一さんとの関係はこれきりではないかという不安があったからだ。

それがまさか、自分が働く法律事務所のパートナー弁護士だなんて誰が思うものか。

みんなの前で紹介を受けた彼が何十人も立つ中から私を見つけて、愛おしげに微笑んだ。どこからか色めき立ったような女性の声が上がる。


その週の金曜日。

優一さんの歓迎会が開かれた。弁護士事務所からほど近い場所にある創作料理店を貸し切りにした立食形式だった。

テーブルには様々な料理が置かれており、カウンター席に椅子も用意されていたが、入れ代わり立ち代わり優一さんのもとには弁護士が訪れるため、彼はほとんど座っていない。

時間の都合がつかなかった弁護士たちも多くいたが、言わずもがな女性の参加率は非常に高かった。

「久しぶりの帰国だと伺いましたが、恋人にはもう会われたんですか？　もしかしてアメリカにいらっしゃるのかしら」

彼に酒の入ったグラスを手渡し、冗談交じりに、それでいて恋人の有無を探るように問いかけたのは、女性弁護士のひとりだった。その問いに、彼女だけではなく、優一さんを囲むようにして立つ女性たち全員が耳をそばだてている。

私は同僚たちと酒を楽しみながらも、優一さんがなんと答えるのかが気になって仕方がなかった。

「いや、恋人は日本に、と言ってもまだ俺の片想いですが」

「あら～そうなんですか」

「ようやく想いが叶いそうなので、そっと見守っていただけると助かります」

私のことだとわかり頬が熱くなるが、必死に平静を装った。

食事に夢中になっているふりをしていると、コツコツと足音が聞こえてくる。

隣で食事を楽しんでいた同僚が、動揺したように目を瞬かせて私の背後を見た。私もつられて後ろを見ると、優一さんが立っていた。

「な？」

突然、肩を組まれ、驚いて彼を見上げると、してやったりといった微笑みが向けられた。

「……それ、言ってしまっていいんですか？」

「言っただろう。俺が落としたいのは育実だけだと」

周囲に聞こえないように囁くと、当然とばかりに返される。彼にアプローチする気満々だった女性たちが、引き際を心得ているかのように離れていった。

「周りにも、そう思われてしまいますよ？」

「思わせているんだ。必死に育実を口説いているから、邪魔をするなと」

優一さんの声は思っていたよりも店内に大きく響き、どこからか「ひゅう」と冷やかすような口笛が聞こえてくる。

同僚に声をかけ、優一さんに連れられてカウンター席に行くと、頼んでもいないのにミモザが目の前に置かれた。

「ありがとうございます」

優一さんは手に持ったロックグラスを軽く上げた。

私もグラスを手に取り持ち上げると、ミモザをひと口含む。口の中がきゅっと引き締まる酸味に頬が緩んだ。

「おいしい」

「そうやって笑っている顔は、昔のままだな」

私はグラスを持ったまま、彼の言葉を反芻《はんすう》した。優一さんとは知り合ってまだ一週間も経っていないのに、なぜ〝昔〟と。

喉奥になにかが引っかかったような気持ち悪さがあり、首をひねっても、そのなにかの正体にはたどり着けない。

「昔って。どこかで会いました？」

「思い出せないか？」

「バーで、先週初めて……」

私が言うと、優一さんが違うというように首を横に振った。

バーで会ったのが初めてではないのなら、いったいいつどこで会ったというのだろう。彼ほど目を引く男性と知り合って忘れるとは思えない。

「あのバーは、知り合いに勧められて通うようになった。あの夜は、帰国して久しぶりに足を運んだんだ。その前にも会ってるんだよ」

知り合いに勧められた。その言葉に既視感を覚える。そういえば、ホテルに泊まった翌日、なじみのレストランに彼と行った。そのときも同じようなことを言っていなかっただろうか。

「まさか、優一さんがバーに来たのも、私と会ったのも、偶然じゃないんですか？」

「いや、あのバーでキミと会ったのは偶然だ。俺たちが初めて顔を合わせたのは、キミのお父さんの事務所だ」

「お父さんの事務所？　もしかして……オレンジジュースを買ってくれた男性、ですか？」

優一さんは、正解だというように微笑んだ。

彼は新米弁護士だった頃、父の弁護士事務所で世話になっていたのだと言った。そこで父の娘である私に出会ったと。

父に届け物を頼まれ、事務所に行ったとき、優しくしてくれた男性がいた。

その人は汗をかく私に、自動販売機でオレンジジュースを買ってくれたのだ。

でも私は、ジュースを手に持ったまま『これ以上太ったら、太一にまた嫌われちゃう』と、その場で泣いてしまった。

するとその人は『こんなにかわいいキミを振るなんて、その男はもったいないことをするな』そう言って慰めてくれた。私はその男性のおかげで、失恋から立ち直れたのだ。

痩せて、私を振ったことを後悔させよう、そう決意させてくれたのが優一さんだったなんて、夢にも思わなかった。

「優一さん、だったんですね。私だと知っていて声をかけたんですか？」

「あぁ、そうだな」

「よく私だとわかりましたね」

昔と今では、幼なじみの太一ですらわからないくらいの別人である。大学生の頃ほんの少し顔を合わせただけの彼が、私にすぐに気づいたことに驚いた。

「仙崎さんには、昔からよく娘自慢をされていてな。大学の入学式や卒業式の写真も見せてもらっていた。会ったのは事務所で一回だけだが、顔立ちは写真とそこまで変わっていなかったから、バーで会ったときはすぐ気づいたよ」

「変わってないと言われるのも複雑です」

「もちろん痩せたとは思うが、育実は昔からかわいかっただろう。カクテルを飲んでいるときの顔を見て、オレンジジュースを飲んでいた頃を思い出したくらいだ。それで、幼なじみにまたひどいことを言われたと聞いて、黙っていられなかっただけ」

「あの、もしかして、昔の知り合いだから、声を？」

かわいいと、綺麗だと言ったのも、父の部下として、私に同情しただけだったのだろうか。そう思うと、胸をかきむしりたくなるほど苦しくなる。

同情ではなく、ひとりの女として私を見てほしい、心から私を求めていてほしい。

私はすがるように優一さんを見つめた。

そんな私の不安をかき消すように、愛おしげな目で見つめ返される。

「そんなわけないだろう。もちろん懐かしくはあったが、あのとき言った言葉は本心だ。こんなに必死に口説いてるのに、まだ信じられないか？」

「それ……本当に、私を好きだって言っているように聞こえます」

「何度もそう言ってる。キミの気持ちを俺に向けさせたいと」

顔を覗き込まれると、頬に熱が集まってくる。そうだ、彼は何度も、言葉と態度で気持ちを伝えてくれていたじゃないか。

好意でもなければわざわざ私に近づいてくる理由がないし、慰めるだけならば、ホテルに誘う必要も、思わせぶりな言葉を口にする必要もない。

それに、父が私を溺愛しているのを知っているなら、娘である私を遊び相手には選ばない。

「じゃあ……ひと目惚れって、本当だったんですね」

まだ信じがたい気持ちはあるが、私のうぬぼれではないのだ。

優一さんが、このタイミングで父の知り合いだと打ち明けたのは、きっと私の気持ちが彼に傾きはじめていると気づいたからだ。出会って早々に知らされていたら、私は彼の言葉を同情としか受け取れなかったはず。

優一さんの言葉がすべて本心なら、かわいいと言ったのも、綺麗と言ったのも、ひと目惚れだと言ったのも同情からじゃない。私を口説いているというのも、だ。

「綺麗な人がいると思って見とれていたら、育実だったんだ。話を聞いて、キミの新しい恋の相手になりたいと思った。ほかの男に見つけられてしまう前に、タイチくんが育実の魅力に気づく前に、俺が奪ってしまいたかった」

優一さんの言葉に胸を鷲掴《わし》みにされた気がした。

マスターに言われた言葉をこんなときに思い出すなんて。

──恋人でもつくったら？　過去の恋を忘れるなら、新しい恋以外ないと思うよ。

私はきっと、あの夜には落ちていたのかもしれない。昔の私をかわいいと言ってくれた唯一の人。そして、私に自信をくれたこの人に。

「そういうことばっかり言うから……っ」

「言うから？」

私は両手で顔を覆い隠し、指の隙間から彼を睨めつけた。自信ありげな彼の顔に苛立つも、いつまでも見ていたくなってしまうのだから、すでにかなりの重症である。

「タイチくんのことを忘れるくらい、俺に夢中になったか？」

「……なりました」

「ははっ」

「なんで笑うんですか……っ」

「悔しそうに言うからだろ」

優一さんは私を見て、口の端を上げて笑った。その顔がやっぱりムカつくくらいかっこよくて、私は心の中だけで身悶《みもだ》える。

「今日は、俺の家でデートをしようか？」

囁くように言われ、ホテルでのキスを思い出してしまい、頬が火傷《やけど》しそうなほどの熱を持った。

あのとき、彼は言ったのだ。

『今日はなにもしない。焦って嫌われたくないからな』

『そのうち。育実が俺を好きになってくれたら、しようか』

「どうする、育実？」

先週と同じ言葉で問われて、私はあのときと同じように彼の手を取ったのだった。

初めての恋人

一カ月ぶりに実家に顔を出すことにした。

今朝まで優一さんと過ごし、ここまで車で送ってもらったのだ。

優一さんは、父に交際の報告と挨拶をしたいと言ってくれたが、結婚の挨拶と勘違いされそうだからと遠慮してもらった。

優一さんは、それでもいいなんて言っていたけど。

あのバーで会ってから、まだ一カ月しか経っていない。結婚するとしてもまだ先だろう。

結婚式にタイチくんを呼ぶか、なんて冗談も言っていたが、もし本当にその日がきても、太一は私の結婚式になど来ないはずだ。

大事な幼なじみだと思っていたのは私だけで、彼は親に言われて仕方なく私と話していただけなのだから。

「ただいま……っと、来客かな」

玄関を上がると、父の靴ではない古びた革靴が乱雑に脱ぎ捨てられていた。父も母も靴を出しっぱなしにするタイプではないし、このような脱ぎ方はしない。

誰だろう？

今日私が帰ることは伝えてあるから、誰かが来るなら事前に連絡があるはずだ。おそらく急な来客だろう。

邪魔をするのも悪いし、客間を覗いて挨拶だけしてから、リビングで母とお茶でもしていよう。そう思い、半分ほど開いていた客間のドアをノックした。

「……そうか、それは大変だったね」

「あぁ、だから最悪の場合は、お前の言う通り民事再生手続きをすると思うんだが、まだできることもあるんじゃないかとな。それで……悪いんだが、いろいろと力になってくれないか？」

中から父の声が聞こえて、そっとドアを開けると、父は私もよく知る男性——太一の父と話をしていた。

「力に？　民事再生手続きに関してなら、事務所を通してくれればもちろんかまわないが……」

「そんな冷たいことを言わないでくれ……俺たちは友人だろう？」

「友人って……あぁ、育実、おかえり」

ドアのところで挨拶するタイミングをうかがっていた私に気づいた父が、こちらに笑みを向けた。私が客間に入ってきたことで話が中断し、父の斜め向かいに座っていた奥野《おくの》さんが眉をひそめるが、私を見てすぐに相好を崩す。

「えっ、育実ちゃんか⁉　うわぁ、ずいぶんと痩せたね！　昔の面影がまるでないじゃないか！　綺麗になってよかったなぁ！」

「いらっしゃいませ、奥野さん。ご無沙汰しております」

奥野さんに悪気はないのだろう。綺麗になったと言われても、まったくうれしくないのは、言葉の裏に「昔は不細工だったのに」という言葉が隠されているからだ。

「ご挨拶だけさせていただこうと思いまして。……お父さん、私はリビングにいるから」

「育実ちゃん、すまないね。話が終わったら、久しぶりに太一も呼ぶから、みんなで食事でもどうかな？」

太一と会いたくはなかったが、奥野さんに誘われたのを無下に断るわけにもいかない。私は助けを求めるように父に目を向けた。

「残念だが、今日はレストランに予約を入れてしまってるんだよ。太一くんの予定もあるだろうから、また今度にしよう」

「そうか、それは残念だなぁ。じゃあまた今度ね」

「はい、ぜひ」

私は会釈をして客間を出ると、ホッと胸をなで下ろした。父が機転を利かせてくれたおかげで助かった。レストランの予約をしたとは聞いていない。


リビングに行くと、母が料理をしていた。

「お母さん、ただいま」

「あら、おかえりなさい。ごめんね、出られなくって」

「ううん、なに作ってるの？」

「あなたの好きなスープよ」

私は母の手元を覗き込んだ。

湯気の立つ鍋に入っていたのは、キャベツたっぷりのクラムチャウダーだ。テーブルには大量の海老フライに唐揚げ。

「おいしそう」

「たくさん揚げたから、余ったら持って帰ってね」

「いいの？　ありがとう」

私がリビングのソファに腰かけると、オレンジジュースの入ったグラスが置かれた。

父の話はいつ終わるだろうかと、廊下を隔てて反対側にある客間に視線を向ける。

さっき……太一のお父さん、民事再生手続きって言ってたよね。

奥野家はいくつかの飲食店を運営する会社を経営している。

私が幼い頃はかなり羽振りがよかったように思うが、ここ数年は大手外食チェーンの煽《あお》りを受け、次々と閉店しているのを知っていたため、心配していたのだ。

民事再生手続きとは、経済的に苦しくなった会社が、事業を継続しながら再生を図る法的手続きだ。

方法はいろいろとあるが、多くの場合はスポンサーを募り事業を譲渡する場合が多い。

その手続きを父に頼みたい……ということだろう。けれど父は、たとえ親しい相手だとしても、仕事に関わる話の場合は事務所を通すようにしているはずだ。

仕事として請け負うならば、契約を交わさなければならない。

まだできることもあるんじゃないかとも言っていたし、今は相談の段階だろうけど。

そういえば太一は、跡継ぎとしてその会社で働いていたはずだ。民事再生手続きを取り事業譲渡になれば、おそらく経営体制は刷新されるだろう。

後継者である太一が今と同じ立場でいられるはずがない。そうなれば太一はどうするのだろう。

太一がどうなろうともう私には関係ない。太一への気持ちは、優一さんへの恋愛感情で上書きされた。だからきっと、しこりのように胸の奥に残るこのやる瀬なさは、振るった拳の行き先をなくしてしまったような喪失感なのだろう。

しばらくして、廊下を歩く人の足音が聞こえて、玄関のドアの開閉音が響く。リビングのガラスドアが開き、父が入ってきた。

「あなた、お話は終わったの？」

母の声がけに父が頷きながらソファに座る。

父は疲れたようにため息を漏らした。

「あぁ、しかし参ったよ……民事再生手続きを勧めたんだが、友人ならば助けてくれの一点張りで。金があればまだなんとかなるはずだと」

「あらまぁ……」

なんとかならなかったから窮地に陥っているのではないのか。

「お父さん、引き受けたの？」

「まさか！　借金は断ったよ。民事再生手続きを勧めて、一度うちの事務所の無料相談に来てくれとも伝えたんだがね。それだと余計な金がかかると。……あぁ、すまない。せっかく育実が帰ってきてくれたというのに……」

そう言って父はまたため息をついた。

奥野さんに、友人を見捨てる気かとでも言われたのかもしれない。

弁護士事務所で働いていると、いろいろな相談者を目にするし、話を聞く機会も多い。遺産相続に離婚の財産分与、お金が絡んでいるから依頼人も必死だ。

その気持ちは理解できるし、弁護士もパラリーガルも事務員も、困っている人の力になりたくて、いつだって手を尽くしている。

それなのに、ちょっとした相談くらいタダで聞いてくれてもいいだろうと考える人も少なくない。どれだけ親しくとも、公私の一線は引くべきだと思うが。

「話は夕食を取りながらでもいいでしょう？　育実、お皿を運ぶのを手伝ってくれる？」

「うん」

「落としたら危ないからな。大皿はお父さんが運ぶよ」

父と私で料理をダイニングテーブルに運んだ。とても三人分とは思えない料理の数々がテーブルに並び、皆で手を合わせる。

「おいしそう、いただきます」

クラムチャウダーをスプーンですくってひと口含むと、母の作る懐かしい味がした。レシピが同じなら誰が作っても味は同じになると思うのに、どうしてかいつも自分で作るものと味が違うように感じる。実家で食べるご飯はとてもホッとするものだ。

「ところで、今日はなにか報告があるって言ってなかった？」

「あ、うん」

奥野家についての話題ですっかり頭の隅に追いやられていたが、今日は優一さんとの交際について話をするつもりだった。

「お父さんの事務所で働いてた、久能さん、覚えてる？」

「久能くん？　もちろんだよ。育実は会ったことがあったか？」

父が不思議そうに私に聞いた。

それはそうだろう。優一さんと会ったのは、大学卒業間近、それも束の間の時間だ。父は私に忘れ物を持ってきてと頼んだことすら忘れているかもしれない。

「昔、私がダイエットを決意した頃かな。お父さんの事務所に一度だけ行ったときに会ったんだけど。この間、偶然ね……」

私は、優一さんと偶然バーで再会したと伝えた。ただ、太一にバカにされて飲んでくだを巻いていたことも、そのあと優一さんとホテルに行った話も内緒だ。

「へぇ、ふたりがねぇ。そうかそうか。相手が久能くんなら反対する理由はないよ。まだ結婚という話ではないんだろう？」

父は感慨深げに、それでいて複雑そうな顔をしてそう言った。

「うん、もちろん。まだ付き合いはじめたばかりだし。優一さんは私と一緒に挨拶に来たいって言ってくれたんだけど、まずは私だけで報告させてほしいって頼んだの」

「あぁ、だから彼は来なかったのか。育実、今度連れておいで。お父さんも久しぶりに話をしたいし」

「お母さんも会いたいわ」

「それはいいけど。ふたりとも、優一さんに変なことを言わないでよ」

「変なことなんて言うわけないだろう。育実がいかにかわいいかを熱弁するだけさ」

「それが変なことなの！　お父さんってば！」

食事を終えて帰る準備をしていると、スマートフォンにメッセージが入った。連絡は優一さんからで、今日は実家に泊まるのかと尋ねる内容だ。

「あらあら、うれしそうね。久能さんから？」

母に指摘されて、私の顔が一気に紅潮する。

「うん、お母さん、私そろそろ行くね」

「じゃあこれ、明日にでも彼と食べて」

「忙しいよ、きっと……っ」

そんなふうに言われたら、会いにいく理由ができてしまうではないか。

父が呼んでくれたタクシーに乗り込むと、私は優一さんに【今から帰ります】と連絡を入れた。するとメッセージはすぐに既読になる。

もう二十時すぎだ。

けれど、料理が余ったから明日にでも食べてほしいと伝えたら、顔だけでも見られるかもしれない。料理だけ渡してすぐに帰ればいい。

私が、料理を持っていきたいとメッセージを入力していると、それより早く彼からの受信があった。

【そのまま俺の家においで】

メッセージを読んでいると、心がじわじわと喜びに溢れてきて、口元が緩むのを抑えられなくなってしまう。

タクシーの運転手さんに不審に思われないように手のひらで口を塞いで、外を見ているふりをしながら手早く返事を入力した。

　メッセージに書かれた住所を運転手さんに伝えて、行き先を変更してもらう。

　私がマンションに着くと、マンションのエントランスロビーで優一さんが待っていた。

「こんばんは。遅くにすみません」

「誘ったのは俺だろう。疲れてないか？」

　優一さんの隣を歩いていると、さりげなく手を取られた。エレベーターに乗り込み、彼がキーをかざすと、自動的に二十階のボタンが点灯した。

「まったく。あ、優一さん、ご飯もう食べました？」

「いや、まだ。おいしそうな匂いがするなと思ってたんだ」

　優一さんに頭を軽くなでられ、私は目を細めた。

　朝まで一緒にいたし抱かれもしたのに、優一さんの顔を見るだけで好きな気持ちが次々と溢れてくる。これではまるで、初恋をしたばかりの中学生のようだ。

　私は食べ物でもなんでも、好きなものにひたすら執着してしまう。太一への感情もそうだったと今さら気づいた。

恋慕が怒りに変わっただけで、優一さんに会うまでは、彼への執着心がまったく失せていなかったのがいい証拠。

そんな自分が少し怖く、重いと思われないかと不安になる。優一さんの邪魔はしたくないのに、会いたいとわがままを言ってしまいそうだ。

「どうかしたか？」

優一さんの指先が頬をかすめた。そんな少しの触れ合いだけで、私の心は浮き立つ。私は無意識に彼の手に自分の手を重ねて、頬を擦り寄せる。

彼は驚いたような顔をしていたが、なにも言わずされるがままになっていた。

「あっ、すみません」

自分がなにをしていたかに思い至り、恥ずかしさのあまり手を離すと、離した手をつかまえられた。

「どうして謝る？　恋人なんだから、育実には俺に触る権利がある。その逆もな」

エレベーターが二十階に到着すると、指を絡めるように握られ、手をつないだまま廊下を歩いた。

カードキーで鍵が開けられて、中に入り、玄関のドアが閉まった瞬間に抱きしめられる。

「優一さん?」

「育実と同じ。俺も離れがたかったんだよ。キミと付き合えたことに、相当浮かれてる」

彼は苦笑しながら、私の体をそっと離す。

そして額や頬、最後に唇と順番に口づけた。

「優一さんが、浮かれてる?」

「意外か?」

私が素直に頷くと、優一さんは決まりが悪そうに頬をかく。

「あのバーで、キミにひと目惚れをしたと言ったよな?」

「……はい」

「じつはK&Sヴェリタス法律事務所のパートナー弁護士のひとりから、優秀な事務員がいると話を聞いていたんだ。そこで何度もキミの名前が出てね、懐かしく思ったよ。まさか、育実が俺と同じ事務所で働いているとは思わなかったから」

「優秀って、私がですか?」

まさかと思い聞くと、頷きが返される。

「あぁ、うちと契約している企業からの評判もいい。どんな内容でも相談者に親身になって話を聞くと。事務員でありながら知識が豊富で、パラリーガルの仕事までできると聞いた。帰国が決まってからずっと、キミに会うのを楽しみにしていたんだ」

優一さんは、熱のこもった目で私を見つめながら、話を続ける。

「帰国してすぐ、あのバーに足を運んだとき、ずっと会いたいと思っていた育実にようやく会えた。努力して自分を磨いていたキミに惹かれないわけがなかった。必死にもなるさ」

あの日、あのバーに行っていてよかったと言って、優一さんは笑みを浮かべた。

「それでようやく育実の気持ちを手に入れた。浮かれもするだろう」

額に彼の額が押しあてられて、吐く息が唇にかかる。

優一さんの言葉に、私は何度も何度も救われている。

「私……相当、重い女ですよ。好きになった人を諦めきれずに、何年も引きずってたの、知ってるでしょう?」

「言ったはずだ。俺が落としたいと思うのは育実だけだと。諦めてもらったら困るんだよ」

得意げな顔で笑われて、私まで笑ってしまう。玄関先で何度もキスを落とされて、うっとりと目を細めると、気まずげに咳払いをされる。

「そろそろ中に入るか」

「じゃあ、ご飯の用意をしますね」

「育実はもう食べたんだよな？」

「はい……だからあたたかいうちに……って、優一さん……っ？」

気づくと私はソファに押し倒されていた。手に持っていた紙袋をテーブルに置かれて、優一さんに上からのしかかられる。

「そっちはあとで食べる」

こっちを先に、そう言いたげなほど性急な手つきでシャツをまくり上げられると、鼓動が速まり、落ち着いてはいられなくなる。

舌がきつく閉じた唇を割って入ってくる。舌をからめ捕り、口腔を余すところなく舐められると、全身から力が抜けていく。

「ふ……っ、ぁ」

「育実、好きだ。キミへの気持ちは、俺のほうがずっと重いんだよ」

私だけじゃない。彼の気持ちも同じだと言葉で伝えられると、不安が消化されていくように、彼への愛しさで胸がいっぱいになる。

私は優一さんの背中に腕を回し、彼のキスを受け入れた。

翌週の月曜日。

仕事を終えた私がビルを出ると、見知った人影が近づいてくる。

どうしてここに。その言葉は声にならず、唇だけが震えるように動いた。

「お前さ、この間、実家に帰ってきてたんだろ。なんで俺んとこに顔出さなかったんだよ」

「……太一」

太一に会うのは、一カ月ぶりだ。

先月、私の顔を見て『どちら様ですか』と言った太一は、妙に親しげな顔をして私の前に立った。

見覚えのあるその表情は、中学、高校、大学時代に時折、私に向けてくれたものだ。

彼が私に親切にしてくれていたのは、父の娘である私にいい顔をしていただけなのだと、唐突に理解した。

「お前さ、こんな大手で働いてるってことは、けっこう金持ってんだろ?」

「お金?」

「お前んとこの親父に金を貸してくれるように頼んだのに、金は貸せないし、なんかの手続きをするなら事務所を通せとか、頭の固いことしか言わねぇんだと。知り合いのよしみで、金くらい出してくれてもいいのになぁ。お前はそんなこと言わないだろ？　大事な幼なじみの頼みなんだから。な？」

太一の言葉に呆れ果て、深いため息が漏れた。

この人はなにを言っているのだろう。

返すあてもないのにお金を貸せるはずがないし、民事再生法の手続きをするには、裁判所の管理下で再生計画案を策定しなければならない。事業譲渡し再生させるための手続きなどをすべて無料で引き受けられるはずもない。

太一が私のところに来たのは、会社のためというより、自分の立場が危うくなったからだろう。その非常識さを目の当たりにして、ずっと抱えていた太一への怒りさえも吹き飛んだ。

二の句が継げないでいると、太一がさらに言葉を続けた。

「なんなら付き合ってやってもいいからさ。昔さ、俺を好きだとか言ってたよな？お前、俺のために瘦せたんだろ？」

絶句した私の反応を肯定と取ったのか、太一の腕が私の肩に回される。太一の体臭と体温を感じると、頭が真っ赤に染まるほどの怒りと不快感が湧き上がり、私は荒く息を吐いた。

「なんだよ、焦らすなぁ。早くどこかふたりきりになれるところに行こうぜ」

「放してっ！」

「は……？」

「それにしても、まさかお前がここまで綺麗になるとは思わなかったよ。今のお前なら抱ける気がする。なぁ、お前も俺に抱かれたかったんだろ？」

「そんなわけないでしょ！　好きな人がいるから、あなたとなんて絶対に無理！」

太一の手をのけると、彼は太い眉を不機嫌に寄せて、私を見据えた。

「この間、偶然会ったとき、うれしそうに声をかけてきたよな。お前しつこいからさぁ、振られても俺を諦めきれなかったんじゃねぇの？　ほら、昔っから重かっただろ。どれだけ袖にしても、太一、太一ってうっせぇの」

そう指摘されて、頬に熱が走る。たしかにあのときまで私は太一に執着していた。恋心ではなかったとしても、彼に綺麗になった姿を見せたいと思ったのは本当だ。

私を振った太一を見返したかった。後悔させたかった。今、それが叶っているはずなのに、気持ちはまったくすっきりしない。

「私を振ったことを後悔させたかっただけ。でも、今わかった。私に見る目がなかっただけだ、これ」

「は？　なに訳のわからないことを言ってんだ。ほら、行くぞ」

腕を引かれそうになった瞬間、背後から逞しい体に抱きしめられた。ふわりと鼻をかすめる香りに誰が来てくれたかを知り、安堵で力が抜けそうになる。

「優一さん」

「彼女をどこに連れていくって？」

私が聞いたこともないような低い声が、耳のすぐ近くで響いた。自分が怒られているわけでもないのに、自然と背筋が伸びる。

「あんた、誰だ？」

「育実の恋人でここのパートナー弁護士だ。彼女に乱暴を働こうとしていたように見えたが、警察を呼んでも？」

優一さんがスマートフォンを取り出すと、太一は慌てたように一歩後ずさった。

「ち、違う！　俺は乱暴なんて！　幼なじみに頼みごとをしていただけだ。おい、育実っ！　お前の親父がダメなら、この弁護士でもいいから頼めよ！　恋人なんだろ！」

「頼む？　うちに依頼をするなら、アポを取ってからにしてくれ。労力には対価が必要だと幼い子でも理解しているだろうに。いい大人が恥ずかしげもなく無能をさらけ出すのはやめたほうがいい」

優一さんの言う通りだ。たとえ恋人だろうが、弁護士が一事務員である私の頼みをなんでも引き受けるとでも思っているのだろうか。

「優一さん、すみません」

私が謝ると、太一の顔が真っ赤に染まった。

社長の息子として周囲から大事に扱われてきた太一は、こんなふうにたしなめられたことなどなかったのだろう。恥辱と怒りで拳が震えている。

「育実が謝ることじゃないだろう。キミとこの男には、なんの関係もないんだから」

優一さんは〝なんの関係もない〟という言葉を強調するように言った。

太一は悔しげに顔を歪ませるが、なぜかそのあと私を見て、にやりと勝ち誇ったような顔をした。

「ふんっ、あんたは騙されてるんだよ！　こいつの昔の写真でも見せてやろうか⁉　詐欺レベルだぞ！　いいのかよ、こんなのと付き合ってて！」

太一のあまりの愚かさに、怒りを覚えるよりも失望してしまう。彼に手ひどく振られ、傷ついていた頃の私はもういない。

「昔の私がなんだって言うの？　優一さんは、あの頃の私に〝かわいい〟って言ってくれたわよ！　あなたと違ってね！」

優一さんが、私を好きだと言ってくれたから。私の努力を褒めてくれたから。胸を張って太一の前に立てる。

「はぁ？　そんなわけ……っ」

「事実だよ。俺は、昔も今も育実をかわいいと思ってる。綺麗になろうと努力する姿勢をそうやってバカにしかできないのは、いっそ憐れだな。努力のひとつもしたことのない親のすねかじりに、育実はもったいない」

「なんだとっ！」

「それに、先ほどの暴行罪と合わせて名誉毀損罪も追加されそうだ。そろそろ俺の血管が切れそうなんだが、警察を呼んでも？」

「こ、こんなことで警察なんて呼ぶなよ！」

「なら、もう二度と育実の前に姿を見せるな」

優一さんが言うと、太一は舌打ちをして、脱兎《だっと》のごとく走り去っていった。

呆然とその場に佇《たたず》んでいると、背中を軽く叩かれる。

「大丈夫か？」

「あ、はい……」

優一さんに痛ましげな顔を向けられて、彼が誤解していると気づく。

「違いますよ、傷ついてません。むしろ、全然傷ついていないことにびっくりしちゃって。あと、どうしてあんな人をずっと好きでいたんだろうと考えてました」

「それならいいが。警察はどうする？」

私は緩く首を振った。同情ではなく、単純にこれ以上太一に関わるのが面倒だった。

父に報告し、太一の両親に伝えるだけでいいだろう。

優一さんの手に自分から指を絡ませると、彼が微笑みながら私の手を握る。

「そういえば、タイチくんを見返したかったんだよな」

「ふふ、そうなんですよね」

「見返せたか？」

「どうでしょう。なんだか、どうでもよくなりました」

優一さんは「そうか」とだけ言って、私の手を引き歩きだす。

「帰るんですか？」

「ん？　帰らないのか？」

「……あの、今日は優一さんのお部屋に行ってもいいですか？」

彼と離れがたくて、恥ずかしさを押し隠しながら言うと、優一さんが迷うように顎に手を当て、押し黙った。

「優一さん？」

「その誘いはうれしいが、平日でも手加減できないぞ」

「もうっ、外ですよ！」

私がいやだとは言わなかったからか、彼は上機嫌な顔で片手を上げてタクシーを止めた。つないだ彼の手から、少しでも早く部屋に帰りたいという欲望めいた熱が伝わってくる。

「あ、お腹空きましたよね。ご飯、途中でなにか買って……」

「腹を空かせた俺に待てと？」

喉を鳴らしながらくっくっと笑われて、私の頬はますます紅潮していく。

タクシーに乗り込み、彼が行き先を告げた。後部座席に乗り込んだあとも、手はつながれたままだった。絡んだ指先がくすぐるように動かされて、私は息をのむ。手のひらを軽くなでられ、扱くような手つきで指先をいじられると、いよいよ声が我慢できなくなりそうだった。

「……っ」

慌てる私をよそに、優一さんは堂々としたものだ。無言で俯きながら、迫りくる快感に耐えていると、ようやくタクシーがマンションに到着した。

料金を払いタクシーを降りて、彼の部屋へ向かう。

エレベーターの中でも言葉はなかった。焦らされ続けたせいで、口を開けば誘うような言葉しか出てこないとわかっていた。

手をつないだまま、玄関のドアが開けられる。

すると、急かすように腕を引かれ、体がふらついた。難なく抱き留められるその余裕が悔しくて、私は背伸びをして優一さんの首に抱きついた。

「育実?」

「優一さんも、少しは慌てればいいんです」

私は思いきって、優一さんの首に唇を押しあて、ちゅっと音が立つほどに強く吸った。抱きついた彼の体が小さく震える。

「……っ、キミな。あんなにかわいく誘われて、俺に余裕があると思っているのか」

きつく抱き返されて、急に足が宙に浮いた。

「ひゃぁっ」

ベッドに下ろされると、すぐさま覆いかぶさられた。なにかを言う暇もなく唇が塞がれて、食らいつくようなキスが贈られる。

「ん、ん～っ」

いつの間にかジャケットを脱いでいた優一さんは、性急な手つきでネクタイを引き抜き、髪をかき上げた。その妖艶さにうっとりしている余裕はない。

あっという間にすべての服を取り払われて、熱を孕んだ視線に囚われる。全身に触れる彼の熱さに翻弄されると、頭の中がとろけてしまったかのようになにも考えられなくなる。

「あっ、はぁ……っ」

彼に貫かれた瞬間、抑えようとしても漏れてしまう喘ぎ声が寝室に響き、私の体が大きく震えた。

優一さんが動くたびに揺れる胸に、汗が滴り落ちてくる。その感触にすら、短く喘いでしまう。

熱い奔流にのみ込まれながら、私は充足感と幸福感に満たされ、目を瞑ったのだった。

エピローグ

優一さんと交際を始めて二年。

一年ほど前に婚姻届を出して、先月、結婚式を終えたばかりだ。

結婚後は、私の実家から近い場所にマンションを買い、そこでふたりで暮らしている。

今日は、ある報告のために実家を訪れていた。優一さんが駐車場に車を停めて、助手席のドアを開けてくれる。

礼を言って車を降りると、ふと違和感を覚えた私は、通りの向こうに視線を向けた。

「あれ……」

仙崎家と通りを挟んだ向かい側の家に、売物件の看板が立てられている。そこは奥野家、つまり太一の家族が住んでいたはずだ。

あれ以来、太一の姿も見ていないが、就職活動にことごとく失敗しているらしいという話は父から聞いていた。

そして太一の父親も、会社を譲渡した金で借金はなんとか返せたようだが、新しい職場で人に使われることが我慢ならず逃げ出したという。

「育実？　どうした？」

「あ、ううん、なんでもない。入ろう」

「あぁ」

チャイムを鳴らすと、すぐにドアが開けられた。

どうやら車の音で到着がわかったらしい。

「早かったわね。育実、体調はどう？　無理しちゃダメよ。優一くんも上がって上がって」

母にだけはあらかじめ電話で報告をしておいた。私はまだぺったんこの腹部に手を置き「わかってる」と笑みを返す。

優一さんと共にリビングに行くと、真四角のテーブルを囲みソファに腰かけた。両親の前に私たちが横並びに座る。

テーブルにはすぐに飲めるようにポットと茶葉が用意されていた。パッケージをよく見ればノンカフェインの茶葉であるとわかる。

母の気配りに感謝しながら、私は父に向けて口を開いた。

「あのね、お父さん……じつは」

私が妊娠したことを伝えると、案の定、父ははらはらと涙をこぼした。

私と優一さんの手を掴み、何度も「ありがとう」と言う父の姿は、優一さんに妊娠を知らせたときの姿を思い起こさせる。

彼も目を潤ませながら、私に『ありがとう』と言ってくれた。

「育実に似たかわいい女の子がいいか……いや、育実に似た男の子もかわいいだろうな。そういえばうちのカメラはもう古くなってたな。新しいのに買い換えるか」

「お父さん！　気が早すぎるってば！　服とかおもちゃとか送ってこないでよ？」

「え、ダメなのか……じゃあ、優一くんと一緒に子ども用品を見にいくのは？」

しゅんと肩を落とす父を見ているとダメとも言いにくく、隣に座る優一さんも苦笑気味だ。もともと私を溺愛している父だから、こうなることも予想したうえで、母で報告を止めていたのだ。

「優一さんだって忙しいんだからね！」

「まさか忙しくて育実を放置しているわけじゃないだろうね」

「どうしてそうなるの！　そんなわけないでしょ！」

父の言葉に私が反論すると、おっとりした母がやれやれと肩をすくめて、切ったオレンジをテーブルに置いた。

「育実、ジュース類はあまり飲めないだろうけど、果物は栄養にもいいわよ」

「ありがとう。いただきます」

父と優一さんの話を聞きながら、オレンジを食べていると、いつの間に持ってきていたのか父の愛用のカメラがこちらを向いていた。

「お父さん、私もう三十歳になるんだけど……」

「いいじゃないか。いつまで経っても子どもは子どもだ。何歳まで撮れるかわからないんだから」

「もう、そういうこと言わないで。いつまでも元気でいてよ。今度は私じゃなくて、孫を撮ればいいでしょ」

「そうですよ。お義父《とう》さんには、二人目も三人目も撮ってもらうつもりでいますから」

な、と優一さんから目を向けられて、私は頬を赤らめながらも頷いた。

私も優一さんもひとりっ子だからか、きょうだいに憧れている。どうなるかはわからないけれど、もしそうなったとしたら、両親が産前産後の手伝いを買って出てくれるだろう。

「そうそう、頼る気満々でいるからね」

「そうか……育実もこんなに大きくなったんだなぁ」

また泣きはじめる父のことは母に任せて、私たちは帰ることにした。

週に一度は顔を出しているし、母がマンションに来ることもあるため、役所の手続き前に報告に寄っただけなのだ。

「じゃあ、そろそろ行くね」

「オレンジたくさん買ったから、持って帰りなさい」

「お母さんありがと」

オレンジがごろごろと入ったビニール袋を受け取り、車に乗り込んだ。

優一さんが運転する車で役所に妊娠届を出して、母子手帳をもらう予定だ。

「具合は悪くないか？」

「うん、大丈夫」

「あまり無理して出社するなよ。仕事はなんとかなるんだから」

「心配性。お父さんみたいよ？」

「仕方ないだろ。男にはわからない感覚なんだ」

それもそうか。お互いひとりっ子だから、幼い子と触れ合った経験もほとんどない。

妊娠も子育ても未知の経験への不安感はあったが、優一さんも同じだったのかもしれない。

区役所で妊娠の届け出をすると、すぐに真新しい母子手帳を渡された。

ボールペンを借りて、その場で名前を書いていく。

母の欄、久能育実。

父の欄、久能優一。

そして、一ページ目に一週間前にもらったばかりのエコー写真を挟み入れた。

「ふたりで頑張ろうね」

そう言うと、私の手に優一さんの手が重ねられた。

「そうだな」

区役所を出ると、爽やかな風が頬をなでた。

春の日差しがやわらかく降り注ぐ中、すっと息を吸い込む。私の胸は、たくさんの幸せに満たされていたのだった。

了

疫病神の恋

稲羽るか

変化の予感

月曜日。家を出た瞬間、冷たい空気が肌をなで、一気に体温が奪われていく。暦の上では春とはいえ、朝方は冬の気配を色濃く残している。

会社に着くと、いつも通り〝結城幸《ゆうきさち》〟と名前が印字されたＩＣカードをかざして、入り口のロックを解除した。名前の隣には、私の顔写真が印刷されている。年々、顔立ちが亡くなった両親に似てきている気がする。母はくりっとした大きな目が印象的で、近所でも美人と評判だった。父の形のいい唇はいつもにこやかに笑んでいて、優しそうなお父さんだねと友達に褒められるたびにうれしく思ったものだ。

朝のオフィスは、空気が澄んでいる。今日も私が一番乗りの出社だ。

私は、ふっと肺の空気を追い出して気合を入れた。

ハンディモップやクロスを駆使して、隅々まで掃除していく。

デスク周りを綺麗にしたら、次は給湯室へ。

ジャーポットに水を入れてお湯を沸かす。コーヒーメーカーの豆の残量をチェックして、補充しておく。

ここまでを毎朝ひとりでするのが私のルーティンになっている。

高校を卒業してすぐに『ヒイラギインテリア』に就職し、今年で三度目の春を迎える。【社員アパートあり】と記載されたこの会社の求人を見つけ、すぐさま飛びついたのだ。

本社は都心にあるが、私は郊外にある支社の総務部に配属された。

国内でも知名度のあるホワイト企業だといわれているここに入社できたのは、本当に運がよかったと思う。しかも、アパートから会社までは徒歩五分の距離なので、通勤によるストレスもない。

平穏な日常は、心が安定する。

このまま何事もなく日々が過ぎていきますように。私が願うのは、ただそれだけ。

始業時刻の午前九時。毎日、五分程度の朝礼から仕事が始まる。

世間話に興じるいくつかのグループの間を抜けて、自分のデスクに着いた。

始業時間になったのに、いつも代表で挨拶をする鈴木《すずき》部長の席が空いたままで、ざわざわと空気が揺れはじめる。

「みなさん、おはようございます」

数分遅れでやって来た部長の斜め後ろに、見たことのない男性がひとり。

細身のスーツを着こなした彼は、まるでファッション雑誌のモデルのようにスタイルがよく、上背があり足が長い。アーモンド型の綺麗な目。スッと通った鼻筋。思わず見とれてしまうほどすべてが整っている。

女性社員が急にそわそわと落ち着かなくなり、近くの同僚とヒソヒソ話が始まった。「やばい、すごくタイプ」とか「私狙っちゃおうかな」など、まるで学生の恋バナみたいだ。

自己紹介を、と部長から促されて、彼が一歩前に出た。

「鈴木悠生《ゆうせい》と申します。偶然にも部長と同じ名字だからということもありますが、皆様と早く打ち解けたいので、僕のことは気軽に名前で呼んでいただけるとうれしいです」

にっこりと微笑む優しい目元や口角の上がり方が完璧で、ずいぶんと上手に笑顔を作れる人だなと感心しながら眺めていたら、ふと、彼と目が合った。

瞬間、背中に冷や水を流されたような違和感を覚え、すぐに視線を逸らした。

――あまり関わりたくない。ことさら、自然と人を惹きつける雰囲気のある、彼のような人とは。

朝礼後。珍しく鈴木部長から小さく手招きをされ、デスクを挟んで向かい合った。

「なんのご用でしょうか」

嫌な予感に胸が騒ぐ。

「結城さん。しばらく彼に業務の流れを教えてあげてください」

咄嗟に「困ります」と口をついて出た。

「年上の方なので、私ではないほうがいいのではないでしょうか。ほかの方にお願いできませんか?」

「難しく考えないで大丈夫ですよ。悠生くんの質問の窓口になってくれると助かるんですけど、ダメですか?」

当の本人はどこにいるのかと振り向いたら、私の隣の空いていたデスクに、すでに彼が着いていた。部長の柔和な微笑みの向こうに強い意志が透けて見える。私は、渋々と頷くほかなかった。

彼は今年で二十五歳になるらしく、私より四歳年上だという。同業他社からの転職者で、きっと即戦力になってくれるだろうと、部長からはかなり期待されているようだ。

それなのに、なぜ私に? 部長は私のコミュ力の低さを知っているはずなのに……。

人とのコミュニケーションが苦手になったのは、中学生のときのことだ。ある出来事により、私は友達やクラスメイトだけでなく、自分の周りの人の輪を乱してしまう存在だと気がついたことがきっかけだった。

今でも時々当時の夢を見てうなされる。同い年の従姉妹《いとこ》の桃香《ももか》から『この疫病神！』と罵られる夢を。

あの出来事があって以来、私はできるだけひとりで過ごし、人との関わりを避け、仕事でのコミュニケーションも必要最低限にとどめてきたのだ。

部長から「頼んだよ」と言われてデスクに戻ると、鈴木さんが微笑みかけてきた。

爽やかな笑顔が眩しい。その眩しさから目を逸らし、簡単に私の自己紹介をして、速やかに業務を開始することにした。

「では、まずは商品の入荷確認です。倉庫に行きましょう。疑問があればその都度質問してください」

初対面の男性を前に逃げ出したい気持ちになったけれど、これは仕事だ！と自分に言い聞かせた。

「ご指導のほどよろしくお願いします」

私よりも頭ひとつ分も背が高い男性から丁寧に頭を下げられると、こちらのほうが恐縮してしまう。

人ひとり分の間隔を保ちながら並んで歩きだす。

「あの、私は鈴木さんより年下ですし、ただ入社が早いというだけで指導だなんて……。それに、同性のほうが鈴木さんも仕事がしやすいのではないでしょうか。もし、ほかの先輩に指導をお願いされるなら、私に遠慮せず部長に言ってくださいね」

では遠慮なくほかの人に、という流れになればいいのに、なんて打算は呆気なく砕かれた。

「お心遣いありがとうございます。性別も年齢も、僕はまったく気にしません」

人好きのする笑顔で一歩近づかれ、私はそれと同じ分の距離を取った。

「鈴木さんに伝えておきたいことがあります。私とは、一定の距離を保って接してください」

「僕はなにか嫌われてしまうようなことをしてしまいましたか？」

「嫌ってなんていません！」

自分が、とてつもなく意地悪な人間になっているような気分だ。

「私には、どうしても人と親しくできない理由があるんです。仕事はきちんとします。

それ以外では、放っておいてほしいんです」

「理由を聞いてもいいですか？」

誰にも話したくない。私がゆるゆると首を横に振ると、そうですかと呟いて、深追いはしてこなかった。


「結城さん、お昼一緒に行きませんか？」

彼が入社してから早一週間。私が先日『保ってほしい』とお願いした距離と、鈴木さんが思う距離には相当な乖離《かいり》があるらしい。

時計の二本の針が仲よくてっぺんを指すと、彼から声をかけられるのがここ数日の慣例になりつつある。

「申し訳ありませんがご遠慮させていただきます」

彼は、あっという間に会社に溶け込んだ。

まるで何年も前からの仲間のように、周りの人から親しげに「悠生」と呼ばれて囲まれている。

そして今も数名の女性社員が、彼をランチに誘いたそうにこちらの様子をうかがっている。

私は誰とも関わらないようにしているのに、ここで仲よく彼とふたりでランチに行く様子を見せつけることなど、できるわけがない。

「私はお昼ご飯もそれ以外の時間も、ひとりで過ごしたいんです。ですので、お気遣いなくお願いします」

輪の中に入りたいけど入れない、というわけではないのだから、同情はいらない。

「今日は家具の組み立ての撮影をします。私が作業をしますので、鈴木さんはカメラの確認と照明の調整をお願いします」

ヒイラギインテリアでは、ベッドやダイニングテーブルなど大きな家具の通販にも力を入れている。

本棚やサイドボードくらいであれば自分で組み立てをする人も多いが、有料での組み立てサービスも行っている。

ホームページには商品説明欄に組み立て動画を掲載しており、購入するかどうか、組み立てサービスを利用するかどうか、お客様の判断材料にしてもらっている。

商品写真にもかなりこだわっていて、その成果もあり、会社の業績は伸び続けているのだ。

「結城さんが組み立てるんですか？　このブックシェルフそれなりの大きさですし、僕のほうが適任だと思いますが」

私は一五八センチで細身、彼は一八〇センチを軽く超えている。袖をまくった腕に浮いた血管や筋肉が逞しく見え、本棚くらい簡単に組み立てるだろうと思える。

「私がやることで、力が弱くても小柄でも組み立てられる家具なんだという証明になりますから」

少し偉そうな言い方になってしまったかなと反省していると、人さし指でこめかみをかきながら彼が呟いた。

「なるほど……たしかにそうですね。勉強になります」

容姿がいいだけでなく、謙虚さも持ち合わせているらしい。

「鈴木さん、嫌じゃないんですか？」

「嫌？　どういう意味ですか？」

「私みたいな年下から指導とか……。生意気な態度を取られて苛立つことも多いと思います」

「そんなことないですよ。なにも教えてもらえないほうが怖いです」

本当だったら、優しい先輩になりたかった。

憧れと現実が交わることはない。水族館の水槽の中を泳ぐ魚と、それを見ている人間のように世界が違う。分厚いガラスの向こうには、手が届かない。

「あの、私には敬語を使わないでほしいです」

「え?」

彼は性別も年齢も気にしないと言ってくれたけれど、気にしてしまうのは私のほうだ。

「そのほうが、私がやりやすいので」

「そうですか……。わかりました。結城さんがそのほうがいいなら、そうします。正直なところ、僕も話しやすくなるから助かるよ」

急に少年のように屈託なく笑うから、不意の表情にドキッとしてしまった。

彼の笑顔を見ると、妙に心が騒ぐ。そんな自分をごまかしたくて、私は慌てて作業を再開した。

「次はこの棚板を真ん中にして、太いほうの六角レンチで留めます。ここでは一番短いネジを使用します。ネジの長さは三種類あるので、間違えないように注意しましょう」

工程や注意点をしっかり声出しして組み立てていく。

お客様にもわかりやすいし、自分のミスも防げるし、一石二鳥だ。

あとで編集しやすいように、一つひとつの動作や言葉を区切りながら作業を進めていく。

気のせいかもしれないけれど、彼から強い視線を感じるような……。

「痛っ！」

集中できず、棚の組み木で左手の人さし指を挟んでしまった。

「大丈夫⁉」

慌てて駆け寄ってきた鈴木さんから、左手を取られた。

なにが起きたのかわからないまま、じわりじわりと自分とは違う熱が手に伝わってきて、カッと全身が熱くなる。

「だっ、大丈夫です！」

咄嗟に引いたが、彼の力が思いのほか強くて、左手は返ってこなかった。

「少し赤くなってる。念のために湿布を貼っておこう。腫れたら大変だから」

「すみません……大丈夫ですから、放してください」

「せっかく綺麗な手をしてるんだ。傷が残らないように、僕が手当てしたいんだよ」

湿布でヒヤリとする指とは裏腹に、触れられている部分が熱い。

「本当に大丈夫ですからっ」

「ところで、結城さんは僕に敬語のままなんだ？」

「そのほうが、話しやすいので……」

「そっか。わかった……」

その後、会話もなく、ただ手当てされるだけの時間が流れる。

すると、ポツリと降りだした一滴の雨粒のように、鈴木さんが言葉を落とした。

「もう個人的にランチに誘ったりしないから、せめて僕の歓迎会だけは参加してくれないかな」

今度の金曜日に、彼の歓迎会がある。

私はこれまで、そういう類いの行事に参加したことがない。

人と接するのが怖いのだ。

けれど、さんざん冷たく突き放して、なのにこんなに優しく手当てまでしてもらって。これ以上断ることなんてできそうになかった。

「わかりました……」

「よかった」

安堵の声。優しい微笑。あたたかい、手。

私はなぜだか胸が締めつけられるように苦しくなった。

金曜日の夜。酒屋の暖簾《のれん》をくぐり、カラカラと入り口の戸を開けて中に入ると、わっと歓声が上がった。

「あの結城さんが参加してくれるなんて！」

「悠生、どんな手を使って説得したんだよ」

歓迎会をする必要があるの？と疑問を抱くほどすっかり会社になじんでいる彼の周りには、自然と人が集まってくる。

「うれしい、私ずっと結城さんとお話ししたいと思ってたの」

入社七年目の佐々木《ささき》先輩が、満面の笑みで私の手を握ってきた。私が入社したばかりの頃は、彼女が一番丁寧に指導してくれた。

「俺も俺も！　結城さん、話しかけないでオーラがすごかったから」

「僕も仲間に入れてください！」

困ったことに、私の周りにも何人か集まってきている。

「あ、あの、えっと……」

「結城さん、こっちへどうぞ」

鈴木さんに案内され端の席に腰を下ろすと、そのまま隣に彼が座った。

いきなりたくさんの人から囲まれないようにと、私を隅に置いてくれた鈴木さんの心遣いがありがたい。

「今日は参加してくれてありがとう」

向かい側の席にいた鈴木部長から、そう声をかけられた。

「いえ。いつも断っていて、すみませんでした」

部長が、孤立している私を気にかけていることには、なんとなく気がついていた。

「あの……いつも、ありがとうございます」

「ん？　なんのことかわからないけど、どういたしまして」

隣から鈴木さんが割って入る。

「僕も仲間に入れてください」

「お、妬《や》いてるのか？」

「そうです、妬いてます。ふたりで秘密の話なんてしないでください」

「ちょっ、鈴木さん酔ってるんですか？」

酔ってないよ、という部長と鈴木さんの声が重なった。

「結城さん、そろそろ僕のことを名前で呼んでほしい。本当に遠慮しなくていいからさ、ね？」

鈴木さんが優しく笑う。ふにゃりと下がるその目尻はずるい。

「っそ、それは……」

鈴木さんから覗き込むように見つめられて、体が内側から熱くなって変な汗が滲んでくる。グッと背中をのけぞらせて距離をとろうとしたとき。

隣のテーブルからガシャン、という音が聞こえた。

ついさっき話しかけてくれた佐々木先輩が、右手をかばっている。

「手が滑った！　ちょっとだけ切っちゃった……」

ぽとりと一滴の鮮血が、テーブルに落ちた。

それを見た途端、私の体が震えだす。

「き、さん……結城さん……！　大丈夫？」

鈴木さんが、心配そうに私の肩に手を伸ばしてきた。

パシン！

反射的に思いきり振り払い、私の手が鈴木さんの頬にあたってしまった。

「ご、ごめんなさ……」

咄嗟に謝ったが、ジンジンと痺れるような痛みが、人を叩いてしまったのだという事実を突きつけてくる。

逃げるように席を立ち、怪我をした佐々木先輩のもとに行き、絆創膏《ばんそうこう》を数枚テーブルに置いた。

「ありがとう。たいした怪我じゃないけど、使わせてもらうね」

彼女の手元を見るとすっかり血は止まっていて、傷の浅さにホッとした。

「すみません。私、用事を思い出したので帰ります」

振り返らずに、店を出た。

彼女が怪我をしたのは、きっと私に好意的に話しかけてきたからだ。なんで、大丈夫だと思ったんだろう。私は、疫病神なのに。家に向かって足を早める私の脳裏に、暗い過去、小学六年生のときの記憶が蘇ってくる――。

＊＊＊

クリスマスイブの日、家族で買い物に出かけた。

ふと見かけたテディベアにひと目惚れした。『買ってあげようか？』と言いながら後ろから父が覗き込んできて、『もう、あなたは幸に甘いんだから』と言って母が優しく微笑む。

父は『クリスマスイブだから特別だよ』と言って店員さんに頼み、丁寧にラッピングしてもらった。

買い物を終えて帰る頃には日が暮れていた。夜になると急に冷え込んできて、私を真ん中にして三人で手をつないだ。もしかしたらホワイトクリスマスになるかもしれないと、朝の天気予報で言っていた。

この坂道を登りきれば家に着く。

三人で歩道を歩いていたら、けたたましいクラクションの音が耳をつんざいた。

そして誰かからドンと突き飛ばされて、意識が途切れた。

意識を取り戻したとき、そこは病院で、私はひとりぼっちになっていた。

病室に医者と警察官が来た。スリップした車が突っ込んできたこと。父と母はおそらく即死だったこと。私がかすり傷で済んだのは、父と母が咄嗟に突き飛ばして助けてくれたからだということ。それを、まるで他人事《ひとごと》のように聞いた。

涙は出なかった。

現実とは到底思えなくて、悪夢の中に閉じ込められているような気がしていたから。

次に目が覚めればそこはあたたかい家で、父と母が笑っていて、みんなでクリスマスケーキを食べる。そこでやっと私は泣くのだ。怖い夢を見た。夢でよかった。そう言って母に抱きつく。幸は弱虫だな、と父が大きな手で頭をなでてくれる。

――そうなると、信じていた。

だけどいつまでも悪夢から目覚めることはなくて、私は叔父の家に預けられることになった。

盆正月だけにしか会ったことのない、父の弟と、その家族。

その家のひとり娘の桃香は私と同い年だったけど、仲よくなれなかった。

小学校卒業まで残り三カ月ほどだったけれど、叔父の家に引っ越し、転校した。

桃香と彼女の母親が、私のことを疎ましく思っていることには気がついていた。

突然他人が自分たちの城に転がり込んできたのだから、それは仕方がない。自分は家族ではないのだから。

そして叔父が、かわいそうだからと私を甘やかすほど、家での居心地は悪くなっていった。

中学校では、桃香と同じクラスになったけれど、一緒に過ごすことはなかった。

同じクラスの男の子から告白をされたこともあった。

好き嫌い以前に、誰かと付き合うなんて到底考えられなくて断った。

それからしばらくした頃、友達が左手首に包帯を巻いて登校してきた。捻挫《ねんざ》したらしい。

いつも私と三人組でお昼ご飯を食べている友達の、ひとりだった。

数日後もうひとりの子が、自宅の風呂場でガラスを踏んで怪我をしたのだと、松葉杖をついてきた。

『結城さんと仲よくすると不幸な目に遭うんじゃない？』

誰かがそんな噂話をしはじめた。

孤立しかけた私のもとに、そんな噂話は信じないと、桃香のグループにいた子がやって来た。

移動教室や体育で何度かペアになった。数日後、その子から『車にひかれそうになった』と報告された。

その後も、私と仲よくしようとする子は、みんな同じような目に遭った。

気づいたら、私はひとりでいるのがあたり前になっていた。

てしまっていた。

——息を切らして家にたどり着いたときには、あの頃の気持ちまで鮮明に思い出し

＊＊＊

翌週の月曜日の朝。何事もなかったように、鈴木さんが話しかけてきた。

「結城さん、入荷チェック行きましょう」

「すみません、おひとりでお願いします」

仕事だけはきちんとやる。そう決めていた。けれど、そんな余裕もなくなっていた。

「ふたりでやるほうが効率的です」

「仕事の流れはもう把握されていますよね。私は流れを教えるように言われただけなので。今後は手の空いている人に声をかけてください」

本来、特にペアが決まっているわけではない。通常は、その時対応可能な人と組んで仕事をする。

パソコン画面から視線を逸らさずに断ることが、どれほど失礼なのかわかっている。

嫌われても仕方がない。

「一度きちんと話したい。僕が気に障ることをしてしまったのなら謝りたいんだ」

「鈴木さんが謝ることなんてなにもありません」

「じゃあどうして避けるの？」

「それは……」

俯いたまま、言葉に詰まる。

「それは、私が……」

「ねぇあれ、火事じゃない？」

窓際がザワザワとしはじめた。

「ここからわりと近いね。大丈夫かな」

心配そうに北の方角を指差す人垣の隙間から外を覗き込む。

もくもくと立ち上がっている黒煙の方向は……。嫌な予感はだいたいあたる。

私は鈴木部長に「少し席を外します！」と断り、オフィスを出て駆け出した。

行きついた先は古い木造アパートで、周辺には人が集まりかけていた。二階角部屋の窓が割れて、外に向かって炎が逃げている。

乱れる息のまま鍵を取り出し、一階の角部屋に向かう私の腕を、誰かが強く掴んで引きとめた。

「なにをしてるんだよ！　ここは危険だ！」

私と同じように息を乱している鈴木さんが、声を荒らげる。

「放してください！　中に、中に大切な……！」

私はひどく取り乱していて、カタカタと震える手から鍵を落とした。

「どこになにがあるの？」

「え？」

「早く答えて！」

「べ、ベッドの脇に……」

とても大切な物がある。それがなにかを伝えなければいけないのに、唇が震えて言葉にならない。彼の目を見て訴えることしかできない。そんな私の声にならない声を、彼はすくい上げてくれた。

鈴木さんが頷いて、大きな手で私の頭をなでた。

「離れて待ってて」

落ちていた鍵を拾ってドアノブに差し込んだ彼が、部屋の中に消えていった。

古い木造なだけあって、火の回りが早い。

私の部屋は、炎が出ている部屋の真下だ。

それなのに、彼を止めることなく代わりに行かせてしまった。

最悪の状況を想像してしまい、全身が震えだす。

近づいてくるけたたましいサイレンの音が、まるで頭の中で直接響いているようだ。

永遠にも感じる数分間だった。両手で顔を覆って震えながら蹲っている私に、そっとぬいぐるみを差し出す人の気配を感じた。

ゆっくりと顔を上げた私の目から、大粒の涙がこぼれる。

「ご、ごめんなさ……わ、私の、私のせいで……」

壊れ物を包むように、両肩にそっと添えられる手。

「あなたのせいじゃない」

消防隊が次々と駆けつけて、辺りは騒然としている。

「ここにいると消火活動の邪魔になる。とりあえず、僕の家に行こう」

鈴木さんが、私にそっと手を差し伸べる。

差し伸べられた手を振り払うだけの強さは、家と一緒に燃えてしまった。

その手にすがったら、あとからもっと苦しい思いをするかもしれない。させるかもしれない。

けれど私は、自分に向けて差し伸べられるあたたかい手を、取らずにはいられなかった。

鈴木さんの家は、会社から徒歩十分ほどの小高い丘の上にある、五階建ての瀟洒《しょうしゃ》な低層マンションだった。３ＬＤＫの部屋は天井が高くゆったりとした造りで、最上階からの眺めは抜群。こんなに広くて素敵な空間にひとり暮らしだなんて信じられなくて、家に入るのに躊躇《ちゅうちょ》してしまった。

「部長には連絡を入れておいたよ。僕も今日はこのまま休むことにした」

火の粉を浴びてしまったからか、彼の着ていたスーツはところどころ焦げて穴が開いている。

「スーツ、弁償します」

「必要ないよ。僕が勝手にしたことだから」

それよりも、と上着の内ポケットから取り出したものを、彼が手渡してくる。

「これも、咄嗟にポケットに入れたんだ」

写真立てだった。

込み上げてくる涙をせき止めることなんて、到底できなかった。

「ありが、……ます。ほんと、に……っ」

息が詰まって、まともにお礼も言えない。

それは、三人で撮った最後の家族写真だ。両親と、幼い私が、満面の笑みで写っている。幸せな時間は、たしかに存在した。自分は望まれて生まれ、愛されて育まれた子だった。

それさえ忘れなければ、まだ大丈夫。また頑張れる。

でも、いつまで頑張ればいい？

好きでひとりでいるわけじゃないのに。

ぼんやりとそんなことを考えていると、彼の力強い声が、私を現実に引き戻した。

「結城さん、ここに住まない？」

言葉は聞き取れたのに、理解が追いつかない。

「この家、ひとりでは広すぎると思ってるでしょ？」

素直にこくりと頷く。

「実際その通りで、使っていない部屋があるんだ。そこを自由に使ってくれていいよ」

「でも……」

「僕は、絶対にあなたが嫌がるようなことはしない」

「違うんです、そうじゃなくて……」

自分に女性的な魅力があるとは思っていない。ましてや、鈴木さんであればいくらでも素敵な女性と出会うことができるだろう。心配するのはそこではなくて——。

「私は……疫病神なんです」

こんな荒唐無稽な話、本当はしたくなかった。

でも、彼を不幸に陥れるくらいならば、引かれるほうがよほどいい。

私は、これまでのことを包み隠さず話した。


「——それで、ずっとひとりでいたの？　誰にも怪我をさせないように……？」

私は小さく頷いた。

「そんなのは不運が重なっただけで、あなたのせいではない！」

「そうかもしれません。でも、そうじゃないかもしれない……」

今回の火事だって、自分のせいなのではないかと、心のどこかで考えてしまう。

「それに、一緒に暮らしていた従姉妹に言われたんです。疫病神って。私が不幸をまき散らしているんだ、って……」

中学校三年生になった頃。桃香の父親が突然倒れた。

発見が早く大事には至らなかったが、少しでも処置が遅れていたら、後遺症が出たかもしれないと言われたそうだ。

桃香の父親は医者で、倒れたのが勤務先の病院だったことが不幸中の幸いだった。

引き取られた家の中で、居場所がなかった私に、唯一優しくしてくれた人。

『パパが倒れたのは幸がこの家に来たせいよ。あんたがいるから、みんな病気になるのよ！』

『この疫病神！　あんたのせいで私たちの生活はめちゃくちゃよ！』

桃香と、彼女の母親から、口々にそう言われた。

自分のことを、かわいそうだと思ったことはある。でも、だから優しくされて当然だとは思わない。

自分の不幸と周りの日常は関係ない。叔父家族を、巻き込みたかったわけじゃない――。

「高校は、寮がある学校を選びました。そして人と深く関わらないようにしてきました。そのおかげか、周りで大きな怪我や事故もなくこれまで過ごせてました。でも……」

「もしかして、歓迎会で佐々木さんがグラスで指を怪我したことも自分のせいだと思ってる？」

私は再び頷いた。

「だから、私に近寄らないでください。優しくしないでください。お願いします。もう嫌なんです。誰も傷つけたくない」

ここまで話してしまえば、さすがにもう放っておいてくれるだろう。

危険にさらされるかもしれないのだ。それが迷信じみたものでも、縁起が悪いといわれるものをわざわざ身近に置いておきたい人なんていない。

それなのに。

「一度だけでいい。僕を、信じてほしい」

聞こえてきた声は、どこまでも私に優しかった。

「いくらあなたのせいではないと伝えても、きっとわかってもらえないでしょう？だからこそ、しばらくここに住んでほしい」

「え……？」

「すべてただの偶然に過ぎないってことを、僕が証明してみせるから」

「どういうことですか？」

「近くにいても僕が無傷であれば、結城さんのせいではないって証明できる」

「そんな迷惑はかけられません！　優しくしてもらっても、私には返せるものなんてなにもないです」

「返してほしいなんて思ってない」

じゃあ、なにが目的だというのだろう。いっそ、見返りを求められたほうが楽なのに。

「どうしてそこまでしてくれるんですか……？」

「その写真を見ればわかる。あなたがご両親からとても愛されていたって。それなのに……。ずっとひとりでいいだなんて、そんな寂しいことを言ってほしくない」

「だけど、私のせいで誰かが不幸になるのは、もう嫌なんです……」

鈴木さんが、ゆるゆると首を振った。

「『幸』って、素敵な名前ですよね。きっと、幸せになってほしいっていうご両親の願いが込められているんじゃないかな」

『さちの名前はね〝幸せ〟って書くのよ。お父さんもお母さんも、幸が生まれてきてくれて、たくさん幸せをもらったわ』

『幸はうんと幸せにならないとダメだぞ？　自分で自分を幸せにしてあげるんだ』

まだ幼かった頃。父に抱っこされ、母に頭をなでられ、まぎれもなく幸せなときを過ごした。それを、唐突に思い出した。

「私は……、幸せになっても、いいんですか？」

「あたり前だよ」

俯いて肩を震わせる私の背中に、大きな手が添えられる。ポンポンと優しくなでられると、もうダメだった。

涙腺が壊れてしまったのかと思うほど、涙が止まらない。お父さん、お母さん……。繰り返し両親を呼んで泣き崩れる私の背中を、彼はそっとさすり続けてくれた。

両親が亡くなってからこんなにも泣いたのは、初めてのことだった。

「本当にすみませんでした。お見苦しいところをお見せしてしまって……」

冷静になると、恥ずかしさが込み上げてきて、まともに顔を見ることができない。

「見苦しくなんてない。不謹慎だけど、泣き顔もかわいいなって思った」

「やっ！　……か……！」

やめてください！　かわいいとかそういう冗談言わないでください！

心の中で絶叫するも、声にならない。

しかし、成り行きとはいえ、まさか男性と一緒に住むことになるなんて。

迷惑をかけて申し訳ない気持ち。彼に不幸なことが起こったらどうしようという気持ち。けれどそれ以上に、胸の内側に染み入るあたたかな気持ちがある。

本当はずっと、私のせいではないと、誰かから言ってほしかった。

助けてほしかった。

だけど、ずっと彼に甘えていることはできない。彼が、なにを思ってこんなに親身になってくれるのかわからない。わからないけれど、恩を仇《あだ》で返すような真似だけはしたくない。

そう思うのに、差し伸べられる手に、すがらずにはいられなかった。

新しい日常

「ただいま」

スーツ姿の鈴木さんが、うれしそうにひょこりと顔を覗かせる。

「あ、おかえりなさい。すみません、キッチンお借りしてます」

「なんでも自由に使っていいって言ったのは僕だよ。というか、すごいご馳走《ちそう》！ これ全部幸さんが作ったの？」

「ご馳走だなんて、大層なものではないです。こんなことしかできませんが、よかったら召し上がってください」

今日は休みをもらい、アパートに行ってきた。家事からひと晩経ち、完全に鎮火していた。火元はやはり私の上の部屋で、コンセントと電源プラグの間にたまったホコリが出火の原因だったらしい。私は警察官の立ち会いのもと、まだ使えそうなものを回収してきたのだった。

これから引っ越し費用もかかる。あれもこれもと新調することはできない。

燃えずに残った、ぐしゃぐしゃに濡れて煙のにおいが染みついた衣類だって、洗濯すればまだ着られる。大切な写真と、テディベアは救ってもらえた。それさえあれば大丈夫。

いや、そんなことよりも……。

「あの、なんで急に名前で呼ぶんですか？」

「せっかく素敵な名前なのに、呼ばないともったいないでしょ」

にっこりと微笑みかけられると、反論する気も失せてしまう。

キッチンの片づけを始めようとすると、手を洗って部屋着に着替えた彼が隣にきて顔を覗き込んできた。

「片づけは後で僕がやるから、幸さんも座って」

「え、でも……」

「一緒にいるのに別々に食べるなんて寂しいから」

戸惑いながらも、鈴木さんの向かいに腰を下ろして、ふたりで「いただきます」と手を合わせた。

「こんなにたくさん、作るの大変じゃなかった？」

「いえ、簡単なものばかりで申し訳ないくらいです」

豚の生姜焼き、なすの煮びたし、ほうれん草の胡麻和え、人参と大根のなます、お味噌汁と、庶民的なものばかりだけど、彼の口に合うだろうか。

私の心配をよそに、本当に気持ちのいい食べっぷりだ。勢いよく頬張っているけれど、その所作はとても綺麗だなと感じた。

「この生姜焼きうまい！　おひたしなんていつぶりだろ。はぁ……五臓六腑に染み渡るってこのことだな」

味噌汁をすすり感嘆の声を漏らす鈴木さんを見て、思わず笑ってしまった。

「ふふっ、褒めすぎです。そんなに急いで食べなくても、誰も取りませんよ」

手作りの料理をおいしいと言って食べてもらえることが、うれしくてくすぐったい。

ふと顔を上げると、彼がぽかんとした表情で私を見ていた。

「どうかしましたか？」

真顔で、じっと見つめられる。

「笑ってる顔、初めて見た……。すごくかわいい。もっと笑えばいいのに」

「っ！　や、やめてください。そういうことを言われるの、困ります」

彼は言い慣れているかもしれないけれど、私はまったく慣れていない。

じわじわと顔に熱がたまってくる自覚はあるが、防ぐことができない。

赤面するのを抑えようとすればするほど焦ってしまい、変な汗まで浮かんできた。

恥ずかしさが込み上げてきて、睨むように彼の顔を見た。

「そんな顔をされると、もっと困らせたくなる」

と、彼は眉尻を下げながら呟いた。

私を射貫く視線に、はちみつみたいにまったりとした甘さが含まれている気がする。

ゆっくりと彼の右手が伸ばされる。私の左頬あたりに、大きな手のひらがそっと近づいてくる。

なにも言えずに見つめ合ったまま固まっていると、鈴木さんのスマートフォンから着信を知らせる音が流れた。

「……ごめん、ちょっと部屋で話してくる。あ、まだ食べるからこのままにしておいて」

自室に向かう彼の背中を見送って、詰めていた息を吐き出した。

ドクドクと音を立てる心臓がうるさい。

好きになってはいけないし、好きになられてもいけないのに。

彼には、幸せになってもらいたい。優しい、いい人だから。

私が疫病神であるかもしれないという呪いが消えてくれない限り、誰も好きになってはいけない。

どうすれば私が疫病神ではないと思えるのだろう。

それを証明する方法が思いつかない。

鈴木さんが戻ってきた頃には私はほとんど食べ終わっていて、空になった私の食器を見て、彼はなぜか残念そうな顔をしていた。

食事のあと、ふたりで一緒に片づけを終えた。そして、私は自分の荷物の整理を。彼はお風呂へと向かった。

しばらくして部屋から出ると、お風呂上がりの彼と出くわし、私は慌てて目を逸らした。濡れた髪を無造作にタオルで拭う彼を見て、男性に対して人生で初めて、色気というものを感じた。

翌日の夜、お風呂を済ませてリビングに行くと、彼はまだ自室に戻っていなかった。リビングの本棚には、たくさんのインテリア専門誌があって、なかには外国の雑誌もある。

雑誌を数冊テーブルに広げ、パソコン操作をしながら流暢な英語で話をしている姿が格好よくて、思わず見とれてしまった。いや、見とれている場合ではない。彼の邪魔をしないようにコソコソと隠れながら壁伝いに、私が借りている部屋に向かう。ドアノブに手が届いたところで、後ろから声をかけられた。

「幸さん、おやすみ」

「あ、おやすみなさい」

あたり前のように、挨拶を交わす。そんな毎日を送るうちに、私は彼に対して遠慮することや変な見栄を張ることが減っていった。

翌週には寝坊までして「じつは朝が弱いんです」と謝罪し、朝食作りを諦めた。

次第に彼も本音で話してくれるようになって「じつはピーマンが苦手なんだ……」とカミングアウトされた際には、「子どもみたい」と思わず笑ってしまった。

なにかが起きたらどうしよう。その心配が消えたわけではないが、思い悩むことは減っていった。徐々に近づくふたりの距離がうれしい。彼と一緒にいると楽しい。鈴木さんの隣は安心できる。

コンコン、と扉をノックされる音で、夢うつつから意識が浮上してくる。

スマホのアラームを止めると、低く落ち着きのある声が、優しく響いた。

「おはよう、幸さん。朝だよ」

夏の始まりだというのに梅雨が明けきっていないのか、じっとりと体にまとわりつく汗が不快だ。

「……はい、おはようございます」

よろよろと起き上がり、洗面所で顔を洗うと、やっと目が覚めてくる。

「毎朝すみません……。お世話になっている身で、情けないです」

台所でフライパンを振るう彼に声をかける。

「気にしないで着替えてきて。もうすぐ朝ご飯できるから」

こちらを少しも見ることなく返ってくる言葉。やはり、呆れられているのかもしれない。

時々、あからさまに視線を逸らされること、目を合わせてもらえないときがあることに、私は気がついていた。

身支度を整えて、先に座っていた彼の向かいに腰かける。

今度は、正面からしっかりと目が合う。

仕事モードはよくても、プライベートの姿は見たくないのかもしれない。

手を合わせ「いただきます」と言うと、自然と声が重なった。

夜ご飯は私が、朝ご飯は彼が担当するのが、いつの間にかルールのようになっていた。

トーストにウインナー、バターたっぷりのスクランブルエッグにオニオンスープ。サラダにフルーツとヨーグルト。私はカフェオレ、鈴木さんはブラックコーヒー。

苺ジャムの瓶の蓋が開かなくて私が苦戦していると、彼の長い指がジャムの瓶をさらっていき一瞬で蓋を開けてしまった。なんでもないことのように「どうぞ」とジャムを差し出してくれる。

「幸さんは本当に朝弱いよね。ひとり暮らしで、よく遅刻せずにいられたね」

「朝ご飯を食べていなかったから、時間は大丈夫だったんです」

「そうなんだ。意外だな。でも、朝食べないのはよくないよ」

朝ご飯を食べるようにとのお叱りは、子ども扱いされているような気になる。

「なんだかお父さんから叱られてるみたいです……」

言い訳をのみ込んでそれだけを反論すると「お父さんって……」と、ショックを受けたような声が返ってきた。

「せめてお兄さんにしてほしい」

どうでもいいことで不満げに目を眇《すが》められ、笑ってしまった。

ここで暮らしはじめて、二カ月ほどが経とうとしている。

アパートは、取り壊された。会社は、新たな社宅を用意する予定はないらしい。新しい住まいを探し続けてはいるけれど、ちょうどいい物件がなかなか見つからずにいる。

居心地のよさも相まって、いけないと思いつつずるずると甘えてしまっている。

しかし、こんなに近くで過ごしていても、彼に不幸は訪れていない。

もしかしたら私の疫病神としての影響力は、いつの間にか薄まっていたのだろうか。

なにも解決していないのに、私はすっかり油断してしまっていた——。

とある日曜の朝、いつもよりもオシャレな格好の彼から声をかけられた。

「ドライブに行かない？　じつは今日車を借りてるんだ」

「えっ？　いや、でも……」

「せっかくだから少し遠出しよう」

おでかけの支度をして助手席に乗ると、勝手に胸が高鳴った。

息づかいすら聞こえてしまいそうな距離に緊張してしまい、いつものようにおしゃべりができない。

「幸さん、聞きたい音楽とかありますか？」

心なしか、彼も普段よりもよそよそしい気がする。

「お、お任せします」

「了解」

鈴木さんがカーナビを操作すると、懐かしい歌が流れはじめた。

それを聞いた途端、鼻の奥がつきんと痛んだ。あ、どうしよう、泣きそう……。予期せぬフラッシュバックに戸惑っていると、隣から歌声が聞こえてきた。伸びやかな声に反して、時々驚くほど音程を外すものだから、我慢できずに私は噴き出した。

「あ、幸さん、今僕のこと笑ったでしょ」

「ごめんなさい。鈴木さんってなんでも完璧なイメージだったから、つい」

「全然完璧なんかじゃないよ、僕は」

そう呟いた彼の横顔が、どことなく憂いを帯びているような気がした。

「……この曲、父が好きで、よく歌ってたんです。母は『聞き飽きちゃった』って呆れながらも、一緒に歌ったりして」

「うん……」

「楽しい思い出が大きいぶん、聞くのがつらくて、ずっと避けてたんです。でも今、また楽しい思い出に変わりました。鈴木さんのおかげです」

「僕の音痴が役に立ったならよかった」

さっきまで感じていた緊張も、悲しみに染まってしまった思い出も、彼は新しく塗り替えてくれる。

「こ、ここは遊園地かなにかですか……？」

「いや、アウトレットモールだよ。ドライブのついでに買い物も楽しめるといいなと思って。夏服を買うのはどうかな？」

見渡す限りに並ぶショップ、そしてヒト、ひと、人。しかもみんなきらきらと眩しくて、とてもお洒落に見える。

ジーンズに無地のシャツ、さらに日焼け防止に無地のカーディガンを羽織っている自分が浮いてしまっているようで、少し恥ずかしくなった。

「なにか見たいものはある？」

「え、いや、こういう場所に来るのは初めてなもので、なにがなにやら」

「じゃあ僕に付き合ってもらってもいい？」

頷く私を連れて、彼が慣れた足取りで店に入る。

「これとか、これも似合いそう。どう？」

「どう、と言われましても……」

てっきり鈴木さんの服を買いにきたのかと思いきや、次々に私の体に服を合わせてくる。

「うん。全部似合う。これ着てみて。待ってるから」

更衣室に押し込まれて、言われるがまま淡い水色のワンピースを着ていた。さりげなく花柄のレースが施されていて、なんとも可憐な雰囲気だ。

カーテンを開けるとサンダルも用意されていて、全身をコーディネートされる。

「あの、私、仕事用のブラウスを何枚か買えればいいかなぁってつもりで……」

「せっかくだし、このまま着ていこう。初デート記念に僕にプレゼントさせてほしい」

デートなどと言われると、なおさら抵抗が生まれる。

「私には贈ってもらう理由なんてないです」

「プレゼント交換くらい、友達同士でもよくやることだよ」

「プレゼント交換……？」

青春時代をひとりで過ごしてきた私は、不覚にも、プレゼント交換というイベントにときめいてしまった。

制服以外のスカート姿なんて何年ぶりだろう。

普段とは違う自分の姿に、心が躍る。

誰かとする買い物が楽しいことも知らなかった。

「あの、ありがとうございます……」

スカートのようにふわりと緩んだ顔でお礼を伝えると、彼は一瞬固まったのち、支払いしてくると言って、背中を向けてしまった。


「さっきより人が増えてきましたね」

人混みに慣れていない私は、一歩進むごとに誰かにぶつかってしまうような状態だ。

彼が私に向かって、手を差し出してくる。

「ん？」

その手の意味がわからず小首をかしげる私の前で、優しくなにかを掴むようにグーパーを繰り返す大きな手。

「はぐれるといけないから」

そう言って彼は、そっと私の手を取った。私よりも高い体温が、手のひらから伝わってくる。

「あのっ……！」

「嫌？」

「嫌……じゃ、ないです」

恥ずかしさと緊張で、一気に彼の体温を追い抜いてしまった気がする。なのに、もう少しだけ、このまま手をつないでいたいと思った。

そのとき――。

「幸……？」

私を呼ぶその声に驚いてビクッと手を引き、一歩下がった。彼との間に距離ができる。

「桃香……」

叔父の娘。三年と少し、一緒に暮らした従姉妹。

「一緒にいるのは恋人？」

桃香の両隣には、中学のときのクラスメイトもいる。

心が、一気に昔に引き戻される。

震える喉から必死に声を絞り出した。

「六……七年ぶり？　元気そう、だね。叔父さんと叔母さんも元気にして……」

「まさか幸が、彼氏とショッピング？」

私の言葉を遮って、桃香が尚も彼との関係を問いかけてくる。

「彼は同じ会社の人で、いろいろとお世話になってて……」

「そっかぁ。うん、そうだよね。あの幸が誰かと付き合ったりなんてしないよね」

急激にお腹の底から気持ち悪さが込み上げてきて、その場にいられなくなった。

「すみません、ちょっと人酔いしたみたいで……。少し休んできます」

「待って！」

引き止める彼の声を振りきり、人波をかき分けて、ひとりでその場から逃げ出した。

追いかけてくる彼の気配を感じて、振り返らずに走った。

とにかく自分の心を保つのに精いっぱいだった。

その後どうやって彼と合流したのか、どうやって家までたどり着いたのか、あまり覚えていない。ただひたすら、過去のつらい記憶を追い払うのに必死だった。


帰って早々、部屋に引きこもった。

楽しい時間を過ごしていたぶん、現実に引き戻された今のダメージが大きい。

私が離脱したあと、彼と桃香たちの間でどんな話をしたのか、怖くて聞けていない。

膝を抱えてうずくまっていると、スマートフォンが鳴った。

『もしもし、幸？　今ひとり？』

案の定、桃香からだった。

うん、と小さく返事をする。

『今日あんたと一緒にいた彼、紹介してくれない？』

「え……？」

これだけでも衝撃的な発言だったが、続く言葉に、頭の中が真っ白になった。

『幸がヒイラギインテリアの御曹司とつながりがあるって知ってたら、もっと早く紹介してもらえたのに。まさかあんたが社長の息子と一緒にいるなんて思わないじゃない』

桃香はいったいなにを言っているのだろう。まったくわからない。

「人違いじゃないの？」

『去年パパが開業したの。医院内の家具類を全部ヒイラギインテリアに注文したんだけど、うちに下見に来たときに彼を見かけたわ。そのときはスーツだったからすぐには思い出せなかったけど、あのビジュアルだもの、間違いない』

「な、なにか、勘違いしてるんじゃないの？」

咄嗟に出た言葉が、情けなくも少し震える。

『あんた、紹介したくないからって、しらばっくれないでよ』

「しらばっくれてなんか……」

『名刺だって家にあるわ。一緒にいた彼は、柊木《ひいらぎ》悠生さんでしょう?』

ひいらぎ、ゆうせい。心の中で繰り返してみると、そちらの名前のほうが彼にしっくりとはまる気がした。

にわかには信じがたい。

理由はわからない。けれど、嘘をつかれていた。話しかけてきてくれたことも、優しくしてくれたことも、今となってはすべて疑わしく思えてくる。

どこまでが本当で、どこからが嘘なのか、もうなにもわからない。考えたくない。

私の混乱などおかまいなしに、電話の向こうで桃香がしゃべり続ける。

『疫病神のあんたが、まさか彼と付き合ってるわけでもないでしょう?』

「どっちにしたって桃香に関係ないじゃない」

『ふうん? あんた、あたしにそういうこと言うんだ。そうそう、彼にも忠告しておいてあげたわよ。幸と一緒にいるとよくないことが起こるので気をつけてくださいって。ふふっ』

取ってつけたように桃香がうそぶき、意地悪く鼻で笑った。

「そんな……」

『実際、あんたが出ていってから平和になったわ』

種から丁寧に育てた花を、断りもなく根っこから引き抜くように、桃香は私の大切なものを平気で踏みにじる。

『パパの病状は回復したし、ママもずいぶんと穏やかになった』

ここ数年落ち着いていた心が、あっという間にぐしゃぐしゃに散らかされる。

——私なんて、いないほうがいいのかもしれない。

昔、幾度となく陥った思考回路は、消えてなくなったわけではなかった。

ようやく光のあるほうへ来られたと思ったのに、闇に落ちるのは一瞬だ。

「ごめんなさい。偶然会っただけで、私、彼のことはなにも知らないの」

なによ使えないわね、という桃香の声を聞き終わらないうちに、通話を切って電源を落とした。

ここを出よう。また、ひとりに戻るだけのこと。

ただそれだけなのに、前よりもずっと、もっと、孤独になった気がした。

翌日の月曜日、私は物件探しを再開し、着替えなどの荷物をかばんに詰め込んでいった。

そして、よく晴れた日曜日の朝。あれから一週間経っても、私の決意は変わらなかった。私は、世間話をするように軽い調子で、話を切り出した。

「私、引っ越しをすることにしました」

会社まで徒歩で片道四十分。家賃も予算より三万もオーバーしている。けれど、保証人不要、即日入居可能だということで、下見もせずに契約を決めてきた。

「待って！　どうして急に……」

彼が焦ったように引き止めてくる。

「急……ですよね。私だって、あの日桃香に会わなければ……」

でも今はもうこれ以上、彼の近くにいるのはつらい。

「冷静に考えてみれば、恋人でもないのに居座っていた私がおかしかったんです」

「だったら恋人になればいい」

聞こえてきた言葉が、すぐには理解できなかった。

彼の声が、どこか上滑りして聞こえた。

それを言われたのが桃香と会う前だったら、喜んでいたかもしれない。

だけど、彼の秘密を知ってしまった私は、その言葉の裏側にある思惑を考えてしま

「僕はあなたが好きだ。将来のことも見据えたうえで、真剣に付き合いたいと思ってる」

「……どうして、そんなことを言うんですか」

う。


彼の頬が、僅かに紅潮していく。逸らせないほど真っすぐな強い眼差しで射貫かれる。息が詰まりそうなほどに。

告白された瞬間に、気づいてしまった。

私も、とっくに彼を好きになっていたことに。

──この疫病神！

桃香の声が蘇る。

疫病神の私に、どうして真っ当な恋が訪れると思えたのだろう。

「っ……ごめんなさい」

泣きたくないから、下唇を噛んで喉の奥をぐっと締める。余計な水分が込み上げてこないように。

「柊木さんとは、お付き合いできません」

「え……？」

彼が、瞠目している。その反応が、肯定を意味している。

「名字で呼ばれると気づけないから、皆さんに名前で呼んでもらっていたんですね」

私の指摘でハッとしたように、彼が顔を歪める。

「これには理由があるんだ！　嘘をついていたことは謝まる！　でも、僕の気持ちはすべて本心なんだ！」

「鈴木さん、いや、柊木さん……まぎらわしいので、私もこれからは名前で呼んだほうがいいですよね？」

名前を呼ぶきっかけがこんな出来事なんて、悲しく思う。

「悠生さんが優しい人なのはわかっています。なにか事情があるんだろうなぁ、とも思います。でも、今はひとりになりたいんです」

もう疲れてしまった。

うれしいことも、楽しいことも、期待することも、全部に疲れた。

「安心してください。このことは、絶対に誰にも言いませんから」

最後にしっかりと頭を下げて、かばんを抱えて身を翻した。

「待っ……！」

彼が手を伸ばしてきたのが視界の隅に映った。けれど今度は、その手にすがらなかった。

彼とはただの同僚に戻った。ただの同僚よりも遠いかもしれない。

悠生さんの家を出てから二週間が経つ。

話しかけられそうになると化粧室に逃げて、視線を感じたら背中を向けて、ふたりになりそうな雰囲気になったらその場をあとにした。そうすることは、結局は全神経を彼に向けているということで。仕事に対するパフォーマンスは落ち、疲労感は増すばかり。

一度心を開いた相手から嘘をつかれていたという事実は、遅効性の毒のようにじわじわと心を蝕《むしば》んだ。その事実を知った瞬間よりも、なんで？ どうして？と彼のことを考えてしまう今のほうがつらい。ドロドロと心が腐敗していく感覚に襲われる。

希望も恋心も、持っているとつらいからと自分から切り捨てたはずなのに、捨てる前よりもつらくなった。

片道四十分かけての徒歩通勤で運動量は増えているのに、、ひとりで食べるご飯が味気なくて、食欲は減るばかり。

鈴木部長が心配そうにこちらの様子に気を配っていることには気づいていたけれど、

元気なふりをするための余力も残っていない。

定時を迎えてもまだ仕事は終わっていないけれど、残業をする気力はなかった。明日に持ち越すことにして、私はオフィスを出た。

ひとりでも生きていけるようにこれまでずっと節約して貯金に回してきたけれど、今日だけタクシーで帰ってしまおうか。それとも、一度自分を甘やかしてしまうと、明日から徒歩通勤する気力もなくなってしまうだろうか。

そんなことを考えていると、後ろから来た誰かに手首を掴まれた。

「大事な話があるんだ。今から時間をくれないか？」

息を乱した悠生さんがそこにいた。

「話なんて、私には……」

「僕にはある！　お願いだから、切り捨てないでほしい」

懇願するように私を引きとめる彼の手が、かすかに震えている気がした。

嘘をついていたのは彼で、騙されたのは私。なのにまるで、拒んだ自分が悪者になったような気分になる。

掴まれている手首の拘束が、きゅっと強まる。

彼との関係を切り捨てることで自分を守っているつもりでいたけれど、彼を傷つけていたのかもしれない。自分のことにいっぱいいっぱいで、相手の気持ちまで考えることができていなかった。

「……すみませんでした。助けてもらっていたのに、一方的に避けたりして。わかりました。お話、聞きます」

「ありがとう」

くしゃりと泣きだしそうな顔で微笑む彼を見て、心が軋《きし》んだ。

悠生さんに連れてこられたのは、高級そうなホテルの個室レストランだった。気後れしてためらっていると、背中に手をあてられ「大丈夫だから」と店内に誘われる。

今日はなぜだかずっと強引で、彼らしくないと思った。

店の最奥の個室を彼がノックすると、中から「はい」という女性の返事が聞こえ、どくりと心臓が跳ねた。

「遅れてすみません。失礼します」

彼が、いつもよりも硬い様子で扉を開ける。

恐る恐る中に入ると、先客が驚いたように目を見開いた。

「どうして幸がここにいるのよ！」

ガタッと椅子が鳴り、反射でびくりと肩をすくめる。

「落ち着いてください。僕が無理を言って連れてきました。どうしても、確認しておきたいことがあるんです」

すっと彼が私の前に出て、桃香との間で壁になってくれる。まるで、守ってくれているように。

座るように促されて、席に着いた。

「あたし、悠生さんから連絡がきてすごくうれしかったのに……。デートのお誘いじゃなかったんですか？」

桃香が頬を膨らませて拗ねるように彼をなじった。

「すみませんが、あなたからは名前で呼ばれたくないです」

聞いたことのない低い声に思わず彼の表情を見ると、冷めた視線を桃香に投げていた。

「じゃあなんだっていうんですか？　わざわざ幸なんか連れてきて。っていうか『彼のこと知らない』だなんて、あんたやっぱり嘘ついてたのね。うちに置いてあげてたのに、恩知らずなんだから」

媚《こび》を売っても無駄だと開きなおったのか、私のよく知る桃香の態度になった。

「嘘をついていたのは結城桃香さん、あなたのほうではないですか？」

なにも知らされずに連れてこられた私には、話の筋がまったく見えない。

「なんのことですか？」

それは桃香も同じようで、怪訝な顔で彼を睨んでいる。

「中学生の頃、幸さんの周りの人に頻発していた怪我、全部あなたの指示でしたよね？」

「え……？」

目を見開き驚く私に対し、桃香の挙動が怪しくなる。

「な、なんのこと？　全然意味がわからないんですけど」

あからさまに動揺している。

「あなたのご友人に証言していただいています。怪我や事故は虚偽だったと」

「そんなわけないじゃない。たしかに幸のことを気に入らないとは思ってたけどそこまでする理由なんてないわよ」

悠生さんが大きなため息をついた。

「きっかけとなったのは、当時あなたが好意を寄せていた男の子が、幸さんに告白したのが気に食わなかったから。そう聞いていますが？」

途端、桃香の顔が一気に赤くなった。

「証拠はあるの？　それに、それが本当だったとしてだからなに？　別にあたしはなにもしていない……」

ダン！と、彼の拳がテーブルを叩いた。

「どれほどこの人を傷つけたか、わからないんですか？」

有無を言わせぬほどの眼力で桃香を睨みつける迫力に、私までぞくっとするほどだった。

「ここで詳細を明らかにする気はありませんが証拠はあります」

「で、でもあたしのパパが倒れたのは本当よ！　それに幸の両親だってその子をかばったせいで死んだんじゃない！」

バシャッ！　水が弾ける音がした。

私の震える右手に握られたグラスが、空になっている。

自分が桃香に水を浴びせてしまったことに、一拍遅れて気がついた。

「ご、ごめ……」

咄嗟に謝りそうになった私の震える右手に、彼の手が重ねられた。ハッとして彼を見ると、謝ることはない、というように静かに首を振っていた。

「あなたのお父さんからも話を聞きました。もともと検診で引っかかっていたそうです。忙しさを理由にずっと放置していたから自業自得なんだとおっしゃっていましたよ。むしろあれで後遺症が出なかったんだから幸運だった、とさえ」

ぽたぽたと水を滴らせながら、青ざめた桃香が震えている。

「それは……」

「彼女の両親が亡くなったのも、路面凍結による不幸な事故です。娘をかばって亡くなったのは、自分の命よりも幸さんのことが大切だったからです。それなのに……。僕はあなたが許せない」

部屋の温度さえ下がってしまったように感じられるほどの冷たい声。

「友人をも奪われて、この人がどれほど孤独を味わったのか想像できますか?」

すっかり色を失くした桃香の唇が、それでも抵抗を示す。

「あ、あたしにどうしろって言うのよ。そんなの今さらどうしようもないじゃない!」

そう。過ぎた時間は取り戻せない。失ったものは失ったまま。心についた傷も、なかったことにはならない。

私の体に染み込んでしまった人と距離を取る癖も、マイナス思考なところも、簡単には変われないだろう。

「誠心誠意、幸さんに謝罪してください」

「なんであたしが……。嘘なんてついてない！　本当にこの子が不幸を呼び込んだのよ！　全部、幸のせいなんだから！」

桃香は私を睨んだあと、勢いよく立ち上がり部屋を飛び出していった。

嫌な予感がして、咄嗟に追いかける。

自動ドアをこじ開けて歩道に出て左右を見ると、走り去っていく桃香の背中を見つけて、全速力で駆けた。

桃香が向かっている歩行者信号の青色が点滅しているのが見える。

完全に赤に切り替わったのに、桃香が止まる気配はない。

車のクラクションが響いた。

「幸っ！」

同時に、後ろから彼の声が聞こえた。

「来ないでっ！」

私は彼に向かって叫び、道路に飛び出した桃香の腕を力いっぱい引っ張った。

その反動で、私は道路側に投げ出された。桃香が歩道側に尻もちをつく光景が、私にはスローモーションのように映った。

よかった。今度は、自分が助ける側に回ることができた。そう安堵したところで、私の意識はふつりと途切れた。

女神様に溺愛を

僕は仕事にはやりがいを感じている。積み重ねた努力が成果に表れれば達成感を覚えるし、他人から認められることは単純にうれしい。

今日も新たに一件大口契約が成立したので、社長室に報告に向かう。オフィスフロアの廊下を歩いていると、休憩室から話し声が聞こえてきた。

「顔がいいやつは得だよな」

「身内のコネもあるしな。俺の父親も社長だったらよかったなあ」

名前が出ていなくてもわかる。僕の話だ。

休憩室の扉を開けて乗り込み「くだらないやっかみを言いたいなら、場所は選んだほうがいい」と忠告してやろうかと思ったがやめた。

今、僕が「僻《ひが》むより努力しろ」と言ったところで、きっと彼らには届かないだろう。そんなことよりも、誰もが認めざるを得ないほどの成果を上げるほうが、よほど効率がいい。

そんなときだった。社長から、異動の話を持ちかけられたのは。

我が社では社長の方針で、昇進試験の代わりに、支社への一時的な勤務が命じられる。他部署でも適応できるか、己の実力を見極めることが目的だ。適性がないと判断されれば、昇進の話は立ち消えになる。

チャンスがあれば、当然全力で掴みにいく。しかし、ただの研修になってはつまらない。そこで僕は、社長にひとつ提案した——。


異動の一週間前、珍しく鈴木篤《あつし》から食事に誘われた。社長から、僕の異動についての報告を受けたらしい。

篤は、母の姉の子で、幼い頃はよく遊んでもらっていた十歳年上の従兄だ。

「来週から悠生は私の部下だな。先に伝えておくことがある」

そして篤は『いい職場はいい人間関係から』が自分の基本理念だと言った。いい職場があるからこそ、いい製品が生み出されるのだと。そして、続けてこう言った。

「優秀なんだが、能力を出しきれていない部下がいるんだ。少しコミュニケーションに問題があってね。私はもっと彼女に活躍してほしいと思ってる。だから、協力してくれないか？」

「コミュニケーションに問題って……協調性がないんですか？　場の空気が読めないとか？」

「それはない。ただ、わざと自分から孤立してる様子でね」

「本人がそれを望んでいて周りも許容しているのなら、問題ないのでは？」

「今、私の理念を伝えたはずだが？」

温和な笑みを浮かべながらも、僕を見定めようとしているのを感じる。

「どうしてご自身でなさらないのですか？」

「私が動くことで大ごとにはしたくないんだ。相手は私より十四歳も若い女性社員だし、悠生のほうが年が近いから彼女も話しやすいだろ？」

「……わかりました」

ひとつ頼まれたことで、こちらもひとつ頼みやすくなった。

「僕のほうもご協力いただきたいことがあります。ちなみに、社長の許可はすでに取っています」

交換条件を持ちかけられると思っていなかったのだろう。篤は一瞬目を見開き、そしてすぐに微笑み「なんだい？」と、問いかけてきた。

「社長の息子であること、そして篤さんの身内であることを隠したいんです」

色眼鏡で見られたくない。

「わかった。協力するよ」

僕は、周りから望まれる以上の結果を残さなければならない。その一心だった。

四月になり、僕は身分を偽って支社に移った。挨拶をする前にぐるりと全員の顔を見回す。

彼女と目が合った瞬間、ここへ来た目的が頭の中から抜け落ちた。

形のいい唇、白い肌。そしてくりっとした大きな目に、特に惹きつけられた。

偶然交わっただけの視線は、時間にすればきっと一秒にも満たない。けれど彼女は、なにかに怯《おび》えるように目を逸らした。

『いずれ会社のトップを狙うのなら、社員の心を動かせるようにならなければいけない』

ここに来る前に、父からはそう言われた。その難しさを痛感するばかりだ。

彼女のことを知りたい。

けれど、あからさまに距離を詰めようとすると逃げられる。

観察しているうちに、誰よりも早く出社して、職場環境を整えていたのは彼女だということに気がついた。

咳をしている人がいればその人のデスクにそっとのど飴《あめ》を置いてみたり、風邪気味だという声が聞こえれば栄養ドリンクを置いていたり。

浅い付き合いでもわかる。さりげない優しさも、仕事への努力も、それをひけらかしたりしない真面目な人だと。

いつまでも心をほどいてくれない彼女に、半ば強引に接近していった。

ある日、彼女の家が火事になった。

女性の部屋に土足で、なんて気にしている余裕もなく、幸の代わりに飛び込んだ。

簡素な部屋に驚いた。本当に年若い乙女の家なのかと疑うほどに物が少ない。

そのぶん、なにが大切なものなのか、すぐにわかった。

テディベアを渡すとき、震えて泣いている彼女を放っておけない、守ってあげたいと強く思った。

不運な火事をきっかけに同居にまで持ち込んだのは、さすがにやりすぎだとわかっていたけれど、そうでもしないといつまでも近づけない。

彼女の事情を知るまでは、警戒を解いてくれないのは、彼女自身が孤独を望んでいるからだと思っていた。

けれど、幸がひとりでいることにこだわる理由を聞いてからは、考えが変わった。

彼女は、誰よりも周りの人たちを見ている、配慮の人だ。優しすぎるからこそ、自分のせいで人を傷つけてしまうことを恐れ、意に反して孤独を選ぶしかなかった。

『あなたのせいではない』

いくら言葉で説明しても、簡単には信じてもらえない。それほど深く傷ついてきたのだ。


完全に落ちたのは、初めて彼女が心から笑っている顔を見たときだ。

守りたい。傷を癒してあげたい。笑ってほしい。

純粋に、そう思った。


火事の翌日、彼女と暮らすことになりそうだと篤に報告をした。

なにか言いたげな篤を残して早々に帰宅したが、食事中に電話がきた。

『いろいろ考えた。上司としての域は超えてしまうけど、私が保証人になって結城さんに家を用意してもいいと思っている』

普段の穏やかさとは打って変わって、珍しく責めるような声色だ。

『交際もしていない男女が同棲なんて周りに知られたら、お互いによくない噂が立つんだぞ』

「篤さんとは十しか違わないのに、時々僕の父親かと錯覚します」

『勘弁してくれ。私はキミに、彼女を口説いてくれなんて言った覚えはない』

さすがに、僕の気持ちはお見通しのようだ。

「彼女は、自分が原因で周りの人間に不運なことが起こると信じ込んでいるんです。同じ家で過ごして僕に何事もなければ、ただの思い込みだったと安心してくれるでしょう」

『それは一理ある。けれど、男女が同じ家で過ごして、違う意味でなにか起きるだろう。そっちのほうが心配だ』

彼女への好意を自覚した今、手を出さずにいられるかと問われると確約はできそうにない。

けれど、幸のことを篤に託したくないと思った。

『なにか間違いが起こったら、傷つくのは彼女なんだよ』

篤の言うことはもっともだ。

これ以上傷ついてほしくないという思いは、僕とて変わらない。

「間違いなんて、絶対に起こしません」

もしかしたら、篤は幸に好意を寄せているのではないかという疑問が浮かんだ。

仮にそうだとしても、絶対に譲りたくない。

好きな人が幸せならば、どこで誰といてもいい、なんて思えない。

彼女を救うのは自分でありたい。困ったときには真っ先に自分を思い出してほしい。

自身の中に眠っていた独占欲が、唐突に目を覚ましたように。

——彼女の笑顔を知っているのは、僕だけでいい。


一緒に暮らしはじめて一週間。

他人と生活を共にするのは初めてのことだ。習慣の違いによるストレス、四六時中誰かと過ごすことの気詰まりなどを危惧していたが、とても順調に過ごせている。

いや、けれどまったくストレスを感じていないわけではない。

ただひとつ問題は、幸のお風呂上がりや寝起きなどの、無防備な姿。

白い肌に上気した桃色の頬、髪の先から垂れた滴《しずく》がうなじの上で跳ねる。

そこに、唇を寄せたい。

その衝動を抑えることに、なかなかの労力を費やしている。

衝動的に相手に触れたいと感じる経験が初めてで、正直戸惑っている。

果たして、いつまで手を出さずに我慢できるだろう。

彼女には日々を笑って過ごしてほしい。それだけだったはずなのに。

今さらこれを言ったところで、言い訳にしか聞こえないだろう。

ふたりでドライブに出かけて、告白しようと思っていた。もちろん、自分の素性を隠していたことをきちんと伝えた上で。

彼女のワンピース姿が綺麗すぎて、思わず見とれた。しかし、見とれている場合などではない事態が発生した。

彼女の従姉妹だという女性と、その友人に会ったことで、再び幸との間に距離ができてしまった。

幸のトラウマはただ眠っていただけで、少し刺激すれば簡単に呼び起こされる。僕と暮らしてみたところで、根本的な解決にはならなかったのだ。

それを突きつけられただけでも、今後どうするか悩ましいところだったのに、自ら告白する前に、隠していた秘密が暴かれてしまった。

この家を出ていくと言われたとき、言い訳もできなかった。自分がまいた種だ。

そもそも、まず最初から間違えてしまっていた。

名前も身分も偽って近づいてきた男なんて、信じられなくなるに決まっている。

ふたりで過ごす時間があまりにも楽しくて。

好きだと言葉にしていないことなんて、たいした問題ではない、むしろ、こんなにも愛おしく思っていることが伝わっていないわけがない、そう考えていた自分を殴りたい。

幸に出ていかれてからは完全に避けられて、まともに話ができていない。

タイミングを見て幸に声をかけようと近づくと、逃げられる。

それでも話しかけると、こじつけとしか思えない用事を思い出して去っていく。

ここまであからさまに避けられてしまうと、心が折れそうになる。

ひとり暮らしには慣れているはずなのに、彼女と過ごした数カ月が忘れられない。

幸のいる家は、あたたかく楽しかった。身分を偽っていた分際で言えることではないが、唯一素の自分でいられる場所だった。

彼女に幸せを感じてほしい。そう願いながら、幸せを感じていたのは自分だったと気づいた。


「すみません。柊木さん、ですよね」

用事があり本社に出向いたとき、見知らぬ女性から呼び止められた。

「あの私、桃香の友人なんですけど……。あ、結城さんの中学の同級生でもあって……」

「もしかして、この前の？」

「はい、そうです！」

思い出してもらえたことにホッとしたのか、彼女が一瞬だけ笑顔になった。

「結城さんに伝えてほしいことがあって……。待ち伏せなんかして、すみません……」


喫茶店に移動して、僕は黙って彼女の話を聞いた――。

中学時代、幸は高嶺《たかね》の花のような存在だった。

凛としていて、ひとりだけ空気が違った。

それは両親を亡くしていることに起因するものだと桃香が言いふらしていたけれど、それを差し置いても大人っぽくて綺麗な子だった。

心の底ではみんな彼女と仲よくなりたくて、でも、どう話しかけたらいいのかわからなくて。

そんな中、桃香が好きだった男子が幸に告白したことで、空気が変わった。

桃香の嫉妬心に、火をつけてしまった。

女子のリーダー的存在の桃香には、恐くて逆らえなかった。ただでさえかわいそうな結城さんを、騙して孤立させるなんて、本当はやりたくなかった。私は本当は、そんなイジメみたいなことしたくなかったのに——。

時折涙ぐみながら、まるで被害者のように語る彼女を、冷めた気持ちで眺めた。

本当に悔いているのなら本人に直接謝罪すべきだ。

無断で録音していることに罪悪感も抱かなかった。

話してくれてありがとうと笑顔を作って、いくつか連絡先を聞き出した。

幸の呪いを消すには、かけた本人に解かせるしかない。

聞いた連絡先をもとに、さらに複数人から話を聞き出して、いよいよ桃香に連絡を取り呼び出した。

それも全部、僕の自己満足だったのかもしれない。

身勝手な善意が、あんな事態を起こしてしまったのだから。

『来ないでっ!』

幸からそう叫ばれて、怯んでしまった。

伸ばした手は、届かなかった。

クラクションが聞こえ、幸が車道に倒れ込んだとき、目の前が真っ暗になった。絶望とはこういう感覚なのかと、地面が崩れ落ちていくようだった。

幸の気持ちを知りたいと思っていたのに。

目の前で大切な人を失うという感覚が、どれほどのものなのか、なにひとつわかっていなかった。

◇◇◇

寝返りを打とうと身をよじったら、体がズキンと痛んで目を覚ました。

薄らと目を開けると真っ白な天井が目に入る。そこは病室で、私は一瞬パニックになった。医師や警察官が入ってきて両親が亡くなったと教えられた、あの日のトラウマが蘇る。

今の状況を確認したくて呼び出しボタンを探ると、誰かが手をしっかりと握りしめていることに気がついた。

「……ゆうせ、い……さ、ん？」

声がかすれて、うまく出せない。

覗き込んでくる瞳が、揺れている。苦しげにぐっと眉根が寄せられる。

「だ、いじょ……うぶ？」

彼が、泣きだしてしまうのではないかと思った。

指先がゆっくりと近づき、そっと私の頬に触れる。なにかを確認するように親指で目尻をなでたあと、大きな手のひらが頬を包み込んだ。

「よかった……。本当に、よかった」

吐息で囁く小さな声が、かすかに震えている。

そのとき初めて、ああ、この人は本当に私のことを想ってくれているんだな、と心から信じられた。

医師が来て、診察を受けた。私は、丸二日眠っていたらしい。

運よく、車との接触はなかった。けれど倒れたときに受け身を取らなかったので、頭を打った可能性があるとのことで入院。それまでの疲労や極度の緊張から、糸が切れたように意識を失ってしまっていた。

足首に包帯が巻かれているのは、軽い捻挫。検査の結果、頭も打っていなかった。

体のところどころが痛むのは、軽度の打ち身。

すぐにでも退院できますよ、と医師から伝えられると、悠生さんは今度こそ安堵していた。

どうしてもひとりにしたくないと言われて、彼の家に向かうことになった。

足をひねったので、うまく歩けない。彼の手に支えられソファまで誘われる。

彼の手が、まるで宝物を扱うみたいに優しい。なのに表情は晴れないし、なにも話してくれない。

隣に座る悠生さんを、そっと覗き込む。

「怒って……ますか?」

喧嘩《けんか》なんてしたことがない。怒らせてしまっていた場合、どうやって謝ればいいのだろう。

「怒ってない。ただ……」

言葉の続きが聞きたくて、じっと見つめる。

「……抱きしめても、いい?」

驚いた。けれど、考えるよりも先に、頷いていた。

恐る恐る背中に回された腕に反して、息が詰まるほど強く抱きしめられた。私の存在を確かめるかのように。

肩口に鼻をうずめると、彼の清潔なシャツの匂いが鼻孔をくすぐる。

心臓がズキズキする。頭がぼうっとしてくる。

「こんな気持ちは初めてで、どうしたらいいのかわからない。もう二度と嘘をつかないって誓うから、どうか嫌わないでほしい……」

抱きしめられたまま耳元で声が響き、体がゾクリとわななく。けれど、嫌じゃない。むしろ、甘い痺れのようなものを、もっと味わいたいと思ってしまった。

「嫌いになんて、なるわけないです」

悠生さんが、これまでの経緯やどうして名前を偽ったのかを、真摯に話してくれた。彼の真っすぐな目を見て、これ以上嘘はないと信じることができた。

「鈴木部長と悠生さんが従兄弟《いとこ》だっていうのは、驚きました」

「知っていたら、僕への対応は変わっていたでしょ？」

「それは……そうかもしれません。でも、悠生さんも、部長から私のこと頼まれてたんですよね？」

彼が、焦ったように手を握ってくる。

「篤さんから頼まれてはいたけど、だから好きになったわけじゃない！　きっと、どこでいつ出会ったとしても、僕は幸さんを好きになってた」

彼の声が、あまりにも切実で、私も真剣に返事をしなければと思った。

「私、病院で目が覚めたとき、近くに悠生さんがいてくれて、すごく安心したんです」

もう、自分が疫病神だなんて思わない。

桃香を助けるために、考えるより先に体が動いていた。

「今ならわかります。両親は事故に遭遇したら、もしも近くにいたのが私じゃなくても、きっと助けたんだろうなって」

彼が、私の右手を両手で包んで、祈るように強く握る。

「自分を犠牲にしてまで人を助けられるのは、ご両親譲りのあなたの素晴らしさなんだと思う。でも、僕は……」

顔を上げた悠生さんと目が合う。瞬きの音さえ聞こえてしまいそうなほどの距離で。

「幸さんには、自分を犠牲にしてほしくない。もう、あなたを失うなんて考えられない」

切実な言葉に、心が震える。うれしくて、幸せで、泣けてくる。

自分は愛されていた、幸せになっていいのだ。それに気づかせてくれたのは、悠生さんだった。

でも、恋をしたのはそれだけが理由じゃない。

「私……、私の手を包んでくれるのはあなたの手じゃなきゃ嫌だって、心から言えます」

恋は考えてするものじゃない。理屈じゃないんだ。

「私も好きです。あなたが、大好き……」

彼が切なげに眉根を寄せて、それから満面の笑みで私を抱きしめた。

冷静に考えると恥ずかしくなってしまうような言葉。でも、私にとっては紛うことなき本心だ。

「あの、遅くなってごめんなさい」

かばんにしまっていた小さな箱を取り出して、彼に差し出した。

「これは?」

「プレゼント交換です。私から悠生さんへ。人生で初めての……」

一緒に買い物をした日、悠生さんに似合いそうなネクタイピンを見つけて、こっそり買っておいたのだ。

「どうしよう……」

「あっ、気に入らなかったら無理に使わなくても大丈夫です」

「違う、そうじゃなくて！　言葉にならないくらいうれしい」

よかった。喜んでもらえた。安堵したのも束の間。彼の熱い視線が、私を射貫く。

「もっと欲しい」

「えっ？」

「もうひとつ、幸の初めて、もらってもいい？」

そんなふうにおねだりされて、断れるはずがない。瞼を閉じて応えると、ゆっくりと彼の唇が近づいてきて、私の唇に重ねられた。やわらかく甘やかな初めての感触には、酩酊《めいてい》しそうなほどの愛が込められていた——。

【数年後】

「綺麗だ……、本当に、すごく」

　普段は饒舌なのに、彼の言葉がつかえる。瞳をきらきらさせながら、そんな恥ずかしいことを平気で言ってくる愛おしい人。

　幸せすぎて、自然と笑みがこぼれる。

　私が無事に退院してから、いろいろあった。

　悠生さんは、私と想いが通じ合ったあと支社勤務の予定を終え、本社に戻ってしまった。

　私はといえば、周りの人たちにこれまでの失礼な態度を謝罪して、これからはどうか仲よくしてほしい、と頭を下げた。

　桃香とは、あれっきり会っていない。

　叔父から一度、謝罪の電話があった。桃香は、私への仕打ちが今更ながら地元で噂になり、孤立しているそうだ。友人たちからも見放されて、すっかりおとなしくなったという。就職活動もうまくいかず、今は母親の実家に身を寄せているらしい。

私は会社の仲間とコミュニケーションを取りながら、人を拒絶する前の自分を思い出していった。

笑うことが好きだった。他愛もない話をすることが好きだった。みんなの和気あいあいとした空気に触れるのが好きだった。人が、大好きだった。

悠生さんが本社に戻ってすぐ、一緒に住むことになった。

通勤するには遠いのだから、私は週末だけでも会えれば十分だと伝えたが、彼が『どうしても一緒に暮らしたい』と言ってきかなかったのだ。

両思いになってからの悠生さんは、言葉や行動で毎日愛を伝えてくれた。

今だってそうだ。

目尻を下げ、とろけるようなその表情だけで、どれだけ愛されているか実感できる。

「事前に控室に見にきてよかった。結婚式本番で初見だったら、幸が綺麗すぎて絶対にフリーズしてた」

「悠生さんも、とっても素敵です」

お世辞ではなく、白のタキシードがこんなにも似合う男性はきっとほかにいないと本気で思う。

「ありがとう。幸はまるで天使……いや、女神みたいだ」

過剰な褒め言葉に、くすくすと笑いが込み上げる。

「もう、大げさすぎます！」

「もう嘘はつかないって言ったでしょ？　全部本心だよ。これからもずっと僕だけの女神様でいてくれる？」

疫病神だと罵られていたのに、まさか女神様と言われる日がくるなんて。

しかも、たったひとりの愛する人から。

こんな幸せなことはない。

「私でよければ、末永くよろしくお願いします」

愛する人に、抱きしめられる。

彼の肩越しに、今日の日のために持ち込んだ写真の中の両親と目が合った。

――お父さん、お母さん、私、幸せだよ。

結婚イコールゴールだと思っているわけではない。

ただひとつだけ確かなのは、今この瞬間、私は世界一幸せな新婦であるということ。

悲しくて寂しくて『なんのために私は生まれてきたの？』と問いかけたあの日の自

分に伝えたい。

――あなたは、幸せになるために生まれてきたんだよ。

これからも苦しいこと、つらいことはあるだろう。

でも、どんな困難も乗り越えられる。

もう、心がひとりきりになることは、きっとないと信じられるから。

【end】

ファンレターのあて先

〒104-0031
東京都中央区京橋1-3-1
八重洲口大栄ビル7F
スターツ出版株式会社　書籍編集部　気付

本書へのご意見をお聞かせください

お買い上げいただき、ありがとうございます。
今後の編集の参考にさせていただきますので、
アンケートにお答えいただければ幸いです。

下記URLまたは二次元コードから
アンケートページへお入りください。
https://www.ozmall.co.jp/enquete/IndexTalkappi.aspx?id=2301

極上の愛され大逆転
【ベリーズ文庫溺愛アンソロジー】

2024年9月10日　初版第1刷発行

著　者　紅カオル　©Kaoru Kurenai 2024
川奈あさ　©Asa Kawana 2024
本郷アキ　©Aki Hongo 2024
稲羽るか　©Ruka Inaba 2024
発行人　菊地修一
デザイン　カバー　アフターグロウ
フォーマット　hive & co.,ltd.
校　正　株式会社鷗来堂
発行所　スターツ出版株式会社
〒104-0031
東京都中央区京橋1-3-1　八重洲口大栄ビル7F
TEL　03-6202-0386（出版マーケティンググループ）
TEL　050-5538-5679（書店様向けご注文専用ダイヤル）
URL　https://starts-pub.jp/
印刷所　大日本印刷株式会社

Printed in Japan

ISBN 978-4-8137-1637-2　C0193

ベリーズ文庫 2024年9月発売

『華麗なるホテル王は溺愛契約で絡め娶る【大富豪シリーズ】』 若菜《わかな》モモ・著

学芸員の澪里は古城で開催されている美術展に訪れていた。とあるトラブルに巻き込まれたところをホテル王・聖也に助けられる。ひょんなことからふたりの距離は縮まっていくが、ある時聖也から契約結婚の提案をされて!?　ラグジュアリーな出会いから始まる極上ラブストーリー♡　大富豪シリーズ第一弾!

ISBN 978-4-8137-1631-0／定価781円（本体710円＋税10%）

『凄腕な年下外科医の容赦ない溺愛に双子ママは抗えない【極上スパダリ兄弟シリーズ】』 滝井《たきい》みらん・著

秘書として働く薫は独身彼氏ナシ。過去の恋愛のトラウマのせいで、誰にも愛されない人生を送るのだと思っていた頃、外科医・涼と知り合う。優しく包み込んでくれる彼と酔った勢いで一夜を共にしたのをきっかけに、溺愛猛攻が始まって!?　「絶対に離さない」彼の底なしの愛で、やがて薫は双子を妊娠し…。

ISBN 978-4-8137-1632-7／定価792円（本体720円＋税10%）

『執着心強めな警視正はカタブツ政略妻を激愛で逃がさない』 伊月《いづき》ジュイ・著

会社員の美都は奥手でカタブツ。おせっかいな母に言われるがまま見合いに行くと、かつての恩人である警視正・哉明の姿が。出世のため妻が欲しいという彼は美都を気に入り、熱烈求婚をスタート!?　結婚にはメリットがあると妻になる決意をした美都だけど、夫婦になったら哉明の溺愛は昂るばかりで!?

ISBN 978-4-8137-1633-4／定価792円（本体720円＋税10%）

『ライバル企業の御曹司が夫に立候補してきます』 宝月《ほうづき》なごみ・著

新進気鋭の花屋の社長・苑香は老舗花屋の敏腕社長・統を密かにライバル視していた。ある日の誕生日、年下の恋人に手酷く振られた苑香。もう恋はこりごりだったのに、なぜか統にプロポーズされて!?　宿敵社長の求婚は断固拒否!のはずが…「必ず、君の心を手に入れる」と統の溺愛猛攻は止まらなくて!?

ISBN 978-4-8137-1634-1／定価770円（本体700円＋税10%）

『お久しぶりの旦那様、この契約婚を終わらせましょう』 彼方紗夜《かなたさや》・著

知沙は時計会社の社員。3年前とある事情から香港支社長・嶺と書類上の結婚をした。ある日、彼が新社長として帰国!　周りに契約結婚がばれてはまずいと離婚を申し出るも嶺は拒否。そのとき家探しに困っていた知沙は嶺に言われしばらく彼の家で暮らすことに。離婚するはずが、クールな嶺はなぜか甘さを加速して!

ISBN 978-4-8137-1635-8／定価770円（本体700円＋税10%）

ベリーズ文庫 2024年9月発売

『買われた花嫁は冷徹CEOに息もつけぬほど愛される』冬野《とうの》まゆ・著

実音は大企業の社長・海翔の秘書だが、経営悪化の家業を救うためやむなく退職し、望まない政略結婚を進めるも破談に。途方に暮れているとそこに海翔が現れる。「実音の歴史ある家名が欲しい」と言う彼から家業への援助を条件に契約結婚を打診され！　愛なき結婚が始まるが、孤高の男・海翔の瞳は熱を帯び…！

ISBN 978-4-8137-1636-5／定価781円（本体710円＋税10%）

『極上の愛され大逆転【ベリーズ文庫溺愛アンソロジー】』

〈溺愛×スカッと〉をテーマにした極上恋愛アンソロジー！　最低な元カレ、意地悪な同僚、理不尽な家族…、そんな彼らに傷つけられた心を救ってくれたのは極上ハイスペ男子の予想外の溺愛で…⁉　紅カオルによる書き下ろし新作に、コンテスト大賞受賞者3名（川奈あさ、本郷アキ、稲羽るか）の作品を収録！

ISBN 978-4-8137-1637-2／定価792円（本体720円＋税10%）

ベリーズ文庫 2024年10月発売予定

Now Printing

『タイトル未定(航空王×ベビー)【大富豪シリーズ】』葉月《はづき》りゅう・著

空港で清掃員として働く芽衣子は、海外で大企業の御曹司兼パイロットの誠一と出会う。帰国後再会した彼に、契約結婚を持ち掛けられ!? 1年で離婚もOKという条件のもと夫婦となるが、溺愛剥き出しの誠一。やがて身ごもった芽衣子はある出来事から身を引くが——誠一の一途な執着愛は昂るばかりで…!?

ISBN 978-4-8137-1645-7／予価748円（本体680円＋税10%）

Now Printing

『タイトル未定(悪い男×外科医×政略結婚)』にしのムラサキ・著

院長夫妻の娘の天音は、悪評しかない天才外科医・透吾と見合いをすることに。最低人間と思っていたが、大事な病院の未来を託すには彼しかないと結婚を決意。新婚生活が始まると、健気な天音の姿が透吾の独占欲に火をつけて!?「愛してやるよ、俺のものになれ」——極上の悪い男の溺愛はひたすら甘く…♡

ISBN 978-4-8137-1646-4／予価748円（本体680円＋税10%）

Now Printing

『タイトル未定(エリート警察官×お見合い婚)』吉澤《よしざわ》紗《さ》矢《や》・著

警察官僚の娘・彩乃。旅先のパリで困っていたところを蒼士に助けられる。以来、凛々しく誠実な彼は忘れられない人に。3年後、親が勧める見合いに臨むと相手は警視・蒼士だった！ 結婚が決まるも、彼にとっては出世のための手段に過ぎないと切ない気持ちに。ところが蒼士は彩乃を熱く包みこんでゆき…！

ISBN 978-4-8137-1647-1／予価748円（本体680円＋税10%）

Now Printing

『美貌の御曹司は、薄幸の元令嬢を双子の天使ごと愛し抜く』蓮美《はすみ》ちま・著

幼い頃に両親を亡くした萌。叔父の会社と取引がある大企業の御曹司・晴臣とお見合い結婚し、幸せを感じていた。しかしある時、叔父の不正を発見！ 晴臣に迷惑をかけまいと別れを告げることに。その後双子の妊娠が発覚し、ひとりで産み育てていたが…。3年後、突如現れた晴臣に独占欲全開で愛し包まれ!?

ISBN 978-4-8137-1648-8／予価748円（本体680円＋税10%）

Now Printing

『お飾り妻のはずが、冷徹社長は離婚する気がないようです』晴《はる》日《ひ》青《あお》・著

円香は堅実な会社員。抽選に当たり、とあるパーティーに参加するとホテル経営者・藍斗と会う。藍斗は八年前、訳あって別れを告げた元彼だった！ すると望まない縁談を迫られているという彼から見返りありの契約結婚を打診され!? 愛なき結婚が始まるも、なぜか藍斗の瞳は熱を帯び…。息もつけぬ復活愛が始まる。

ISBN 978-4-8137-1649-5／予価748円（本体680円＋税10%）

タイトル、価格等は変更になることがございますのでご了承ください。

ベリーズ文庫 2024年10月発売予定

Now Printing

『君と見たあの夏空の彼方へ』麻生《あそう》ミカリ・著

カフェ店員の綾夏は、大企業の若き社長・優高を事故から助けて頭を打つ怪我をする。その日をきっかけに恋へと発展しプロポーズを受けるが…。出会った時の怪我が原因で、記憶障害が起こり始めた綾夏。いつか彼のことも忘れてしまう。優高を傷つけないよう姿を消すことに。そんな綾夏を優高は探し出し――「君が忘れても俺は忘れない。何度でも恋をしよう」

ISBN 978-4-8137-1650-1／予価748円（本体680円＋税10%）

Now Printing

『あなたがお探しの巫女姫、実は私です。』坂野真夢《さかのまむ》・著

メイドのアメリは実は精霊の加護を持つ最弱聖女。ある事情で素性がバレたら殺されてしまうため正体を隠して働いていた。しかしあるとき聖女を探している公王・ルーク専属お世話係に任命されて!?　しかもルークは冷酷で女嫌と超有名！　戦々恐々としていたのに、予想外に甘く熱いまなざしを注がれて…!?

ISBN 978-4-8137-1651-8／予価748円（本体680円＋税10%）

タイトル、価格等は変更になることがございますのでご了承ください。

小説サイト
Berry's Cafeの人気作品がボイスドラマ化！
豪華声優陣が出演!!
溺愛ボイスドラマ
×ベリーズ男子
俺様すぎる強引社長
CV:増田俊樹
『キミは許婚』
by 春奈真実
とことん溺甘！
グイグイ秘書室室長
CV:梅原裕一郎
『秘書室室長がグイグイ迫ってきます！』by 佐倉伊織
隠れドS!?
溺愛系御曹司
CV:石川界人
『副社長は溺愛御曹司』
by 西ナナヲ
1話はすべて完全無料！
App Store からダウンロード
Google Play で手に入れよう
アプリストアまたはウェブブラウザで
ベリーズ男子
検索
【全話購入特典】
・特別ボイスドラマ
・ベリーズカフェで読める書き下ろしアフターストーリー
最新情報は公式サイトをチェック！
※AppleおよびAppleロゴは米国その他の国で登録されたApple Inc.の商標です。App StoreはApple Inc.のサービスマークです。※Google PlayおよびGoogle Playロゴは、Google LLCの商標です。